人の心に光を灯す

坂村真民
一日一詩
366

藤尾秀昭［編］

致知出版社

まえがき

西澤真美子（坂村真民ご息女）

「大海のなかに落ちた真珠のようなことばを、お釈迦さまの言われるように柄杓（ひしゃく）ですくい上げようと決意した」

父・坂村真民の言葉です。初めて聴いたそのときから、私を惹きつけて止まない文言です。その表現の美しさに魅せられる一方で、潜む厳しさと気の遠くなるような時間の流れに、言葉を失います。

四十代の始め、ある言葉の出典を求めて膨大（ぼうだい）な経典を読み続けていた数年間は、まさにこの通りの日々だったと思います。その激しさは、片方の目を失明寸前にまで追い込むものでした。

青春を短歌に打ち込んだ真民ですが、「真実の自己とは」という思いが湧き、転機が訪れました。「先生が詩に転向されたのは四十歳の五月です」とはっきり言い切って下さった方がいらっしゃいます。父は戦後、愛媛に移り住み短歌グループを結成しますが、一人去り二人去りして、最後は真民とその方だけになりました。その真民も詩の世界で生きて行くと決めた、そこに立ち会われた方のお言葉は確かだと思います。

そして私がハッとしましたのは、それは私が生まれた昭和二十四年の五月と重なったからです。

「詩に生き詩に死す」と一筋に命の炎を燃やし続け、一日も休まず、九十七歳で逝った父の詩人としての五十七年間、〇歳の赤ちゃんが還暦に近い五十七歳になるまでの五十七年間。ひとつのことをやりつづけることの難しさ、やりつづけた偉大さ、そして過ぎた時間のなんと永いことでしょうか。真珠を大願に置き換えると、大宇宙に対峙（たいじ）してその願いを深く掘り続けた父の人生も、大海の水を柄杓で掬（すく）い続けたと言えましょう。

この〝永さ〟ともうひとつ〝遠さ〟、遠い道があります。「このふたつが父そのもの」と今、思えるのです。

「月までよりも遠い道を何年かかっても、風がおこる根源・光が生まれる混沌・命がこもる深奥のところへ往き、そしてまた幾年かかっても、もろもろのものたちが生きようとしているところへ還ってくるであろう」という遠い道です。

真民は悟りを得ようというのではなく、詩を書き続けていく力を得るために仏教の世界に足を踏み入れ、参禅を決意しました。何年かかっても遠い道を往き、そしてまた幾年かかっても還ってくる。「愛の火を燃やしあって生きようとし、こころを寄合って暮らし、生きとし生けるもののかなしみとよろこびの渦巻くところへ」と還ってくるところに、父の釈迦牟尼を信仰する心があります。

一人のねがいを
万人のねがいに
一人のいのりを
万人のいのりに

「一詩」を開いてくださった読者の皆様に真民の願いと祈りが伝わり、

一人のあゆみを
万人のあゆみに
一人のゆめを
万人のゆめに

「一詩」が読者の皆様の生きる力となり、その歩を夢に向って踏み出してほしい。

「どんなに小さくてもいい自分の花を咲かせよう」という詩人の声を聴きとっていただけたら、これ以上の喜びはありません。この詩集をひもとき、真民の声に耳を傾けて下さいますこと、父にかわり心から感謝申し上げます。

最後になりましたが、『坂村真民一日一言』から十数年を経て『坂村真民一日一詩』を出版して下さる致知出版社の皆様に衷心より御礼申し上げます。

令和元年十一月　父の命日を前に

西澤真美子

目次

書提供——坂村真民記念館
装幀・本文デザイン——スタジオ・ファム
編集協力——柏木孝之

1月

1日　六魚庵箴言
2日　六魚庵の泉
3日　六魚庵旦暮
4日　六魚庵鎮魂歌
5日　六魚庵より母へ
6日　六魚庵独語
7日　六魚庵哀歌
8日　六魚庵主の願い
9日　六魚庵信仰歌
10日　母に
11日　母の火
12日　丘にて
13日　序詩
14日　そのころ
15日　飯台
16日　あの時のことを
17日　なやめるS子に
18日　夕空
19日　純粋時間
20日　生きてゆく力がなくなるとき
21日　ねがい
22日　待つだけでは来ない
23日　ハイを覚えそめた真美子に
24日　念ずれば花ひらく
25日　ざぼん
26日　初めの日に
27日　めぐりあい
28日　手
29日　花はひらけど
30日　独り行く
31日　空の一角から

六魚庵箴言　1月1日

その一
狭くともいい
一すじであれ
どこまでも掘りさげてゆけ
いつも澄んで
天の一角を見つめろ

その二
貧しくとも
心はつねに
高貴であれ
一輪の花にも
季節の心を知り
一片の雲にも
無辺の詩を抱き
一碗の米にも
労苦の恩を思い
一塊の土にも
大地の愛を感じよう

その三
いじけるな
あるがままに
おのれの道を
素直に
一筋に
歩け

その四
雨降れば雨をよろこび
日輝けば日をよろこび
水うもうして生をよろこび
常住不断の花をよろこぶ

六魚庵の泉　1月2日

六魚庵には井戸はあったが
浅くて水は飲めなかった
すぐ近くに湧き出る泉があって
それが小さな流れとなっていた
その水を汲んで三年飲んだ
コギトの泉といって飲んだ
夏は冷たく冬は温く
井戸の水は硬かったが
泉の水は軟らかかった
起きると山羊に草をやり
水を汲みにゆくのが
わたしのきまった日課だった
時には茜の雲が映り
その紅(あけ)ごと汲むことがあった
そんな日はわたしの心も
晴れ晴れした

いい空気をいっぱい吸って
泉の水で口をすすぎ
泉の水で体を拭き
泉の水で心を洗った
泉はいつも告げてくれた
停滞の恐ろしいことを
いつも知らせてくれた
淡々として生きゆくことを
そしていつも考えさせてくれた
時の流れの返らぬことを
春行き夏去り秋となり
冬の早いことを
いつもこんこんと教えてくれた

六魚庵旦暮　1月3日

1　眠っている

わたしが漂うように
子供たちも漂う
わたしが流れるように
妻も流れてついて来た
そうしてその土地土地で
子供を産んだ
梨恵子は朝鮮
佐代子は九州
真美子は四国
三人とも故郷を持たぬ
子供たちだが
安心しきって眠っている
わたし独りを信じて眠っている
妻もぐっすり眠っている

2　諸粥

出張から帰ってくると
塀は吹き倒され
山羊小屋の屋根は飛ばされ
炊事場のガラスは壊れ
屋根の瓦は火山石のように落ちていた
子供たちは火鉢のまわりにぶるぶるふるえて
ひどい風だったことを口々に告げた
よその家はどうもないのに
わたしの貧しい家だけに
風の癇癖がひどく当った
惨憺たるさまだった
そのような中で
わたしの帰りを待っていた子供たちに
わたしは何も買ってこなかったことを
くりかえし詫びながら
熱い諸粥をいく杯も重ねた

六魚庵鎮魂歌　1月4日

こころころするので
こころとは
何と悲しいことであろう
朝（あした）に善を抱き
夕（ゆうべ）に悪を墜つ
時には
白い食卓を囲みながら
心は冬枯れのように
離ればなれになっていることがある
そんな時の心ほど
神を悲しませるものはないであろう
一碗の菜っ葉でも
小鳥のように分け合って
にぎやかに食べる時の
神の喜びを見たことがあるか
動物でもそうであるが

食べる時ほど我々の心の
よくあらわれる時はない
仏陀の飯（はん）
基督のパン
美しい心ほど
食卓を飾るものはない
たとえバラの花はなくても
心は朝の光のように
いつも明るく輝いていよう
昨日悪に墜ち
今日善に生く
こころころするので
こころとは
何とまた美しいことであろう

六魚庵より母へ　1月5日

しろがねもこがねも玉も何せんや
まされる宝子にしかめやも
しかしあなたが一生懸命育てた
五羽の小鳥は
一羽一羽
あなたの懐から飛び立っていった
そしてあなたの許に残ったのは
一ちょうの手風琴
かなしいとき
くるしいとき
ねむれぬとき
あなたを慰めた
あの古風な手風琴だけだった
五羽の母恋鳥は
すまないすまないと思いながら
あなた一人を残して

妻をもち妻となり
父となり母となった
ああ
あなたの寡婦（かふ）生活三十年の
言語を絶した涙の歴史よ
あなたの微笑のかげに
隠されている苦闘の頁よ
あなたはいまもなお
それをしっかりと閉ざして
星のように
花のように
五人のわれらを
生かしていられる
多くの孫たちを
潤（うるお）していられる

六魚庵独語　1月6日

水ごりでもしたい時がある
己れのきたなさに
われながら厭わしくなる時がある
引き揚げてきた日の覚悟が
消えてしまったような時がある
温かい心を持って
正しい心を持って
一生貫いてゆくことを
明日の糧に困りながらも祈った日の清廉が
体から抜けてしまったような時がある
恐ろしいのは平凡　安定　妥協
安価な幸福
どんなに生きてもあと二十年
惜しまれるのは今日の一日
しかしああ今日も
無為に暮らしてしまった

貧しさに生きよう
貧しさに慣れよう
この心を失った時
生活にひびがいる
欲が人間を腐らせる
精神を丈夫にすることは
肉体を丈夫にすることだ
飲んだ時の興奮は
正常なものではない
よい本を読め
よい本によって己れを作れ
心に美しい火を燃やし
人生は尊かったと
叫ばしめよ
世の終わり
息の極みに

六魚庵哀歌　1月7日

かなしみは
みんな書いてはならない
かなしみは
みんな話してはならない
かなしみは
わたしたちを強くする根
かなしみは
わたしたちを支えている幹
かなしみは
わたしたちを美しくする花
かなしみは
いつも枯らしてはならない
かなしみは
いつも湛（たた）えていなくてはならない
かなしみは
いつも噛みしめていなくてはならない

※一部抜粋

六魚庵主の願い　1月8日

人生を愛するが故に
詩を愛する
わたしの詩は
そこから生まれなくてはならない
ひとりのなげきが
ひとりのよろこびが
万人のいのちとなり
万人のちからとなり
水のように清められ
雲のように高められ
虹のように色どられ
幼な子のように
詩神の前に跪きたい
わたしの詩も
そこまで行かなくてはならない

六魚庵信仰歌　1月9日

1

迷いながら
躓きながら
求めながら
失いながら
憎みながら
愛しながら
泣きながら
堪えながら
責めながら
怖れながら
己(おのれ)をつくり
神へ近づく
仏へ近づく

2

しんからひとをいかることのできないとき
わたしはまだまだめだと思う
しんからひとをゆるすことのできないとき
わたしはまだまだだめだと思う

母に

1月10日

あなたにはゴーリキーの書いた母のように
いつも一つの革命があった
早く寡婦となられ
五人の子を一人で育てられたあなたには
常に前進的なものがあなたを支配していた
あなたのボストンバックにはいつも
そういう本がはいっていた
一途に親鸞を求められたのも
安心立命のためというより
親鸞の革新的なものが
あなたを捕らえていたにちがいない
世界評論に河上肇氏の自叙伝が載った時
一番読みたがっていられたのはあなただった
はるばるわたしを訪ねられた時
その本を見出された時のあなたの喜びを
今もありありと思い出します

それよりもなお遠ざかりゆく船の上から
こみあげてくる嗚咽(おえつ)をおさえながら
桟橋に立っているわたしたちに
その雑誌をいつまでも振っていられた
あなたの姿を思い出します
七十に近いあなたは炬燵にもいらず
飯を炊きながらいつも本を読んでいられた
今年も三人の孫たちがあなたを待っています
冬の荒海もやがておさまりましょう
魚もおいしくなってきます
いつものようにインド林檎を持って
ひょっこりやって来て下さい

母の火　1月11日

母の胸にはいまだに火が燃えている
丁度それは火の山阿蘇の火のように

母は幾年か娘時代を阿蘇で過ごされた
湧き出る湯を浴びて大きくなられた

母から聞いた阿蘇谷々のものがたり
鬼火のような火柱噴火のものがたり

母の生家からはいつも黒々煙が見え
火を噴く中岳が縁から見えた

子供の頃にはこの母の火が何か強すぎた
殊に気の弱い長男のわたしには

しかし母はこの火があったればこそ
一人で五人の子を育てられたのだ

ああ思い出す
母の火が一番燃えた夜のことを

一人で五人を育てようと
決心された夜のことを

烈しい火だった
愛に輝く火柱だった

ああの火がいまだに燃えている
わたしを産まれた母の体に

丘にて　1月12日

六つになる梨恵子と
四つになる佐代子を連れて
とある小高い丘に登って行った
子供たちはわたしが作った
この土地の歌をうたい
野菊をつみ
薄の穂をかざし
珍らしく咲いていた菫を見つけ
小鳥のように登って行った
大気は澄み
四国の山山も
青い空気の中に
静かな陽射しを受けていた
子供たちは問いかける
生まれた国の名を
梨恵子は朝鮮

佐代子は九州
その朝鮮の山山は見えないが
九州の山山が今日はくっきりと
波の彼方に浮いている
おばあちゃんは熊本ねと二人は言う
海の彼方の母住む国
ここを去ってわたしたちはまた
何処へ行くであろうか
親子五人のジプシーにも似た
さすらいの旅
朗らかな子供たちの声に
かえってわたしの心は
白い海のように沈んでいった

序詩　1月13日

1

貧しい故に生を愛し
愚かな故に詩を作る

2

わたしをつつむいい手紙がある
わたしをつなぐいい人達がいる
わたしはその人達に詩を書こう
その人達に詩を捧げよう
その外に何があろうか

3

わたしが願うのは
一韻の
純粋な詩
朝の雲のような詩

4

死にいたるまで
人間でありたいために
人間であることのために
わたしは
詩を書く
詩を作る

5

きのう一日詩を作らず
きのう一日心濁れり
きのう一日空を仰がず
きのう一日眼(まなこ)曇れり

そのころ　1月14日

1

何ひとつその頃のわたしを
慰めてくれるものはなかった
わたしは夜々
ロマン・ロランの
ミケランジェロの本を
ただ枕べに置いて
早くから寝るだけだった

2

じっとしていると
なにかにしめつけられるようで
だまっていると
なみだがながれてくるようで
わけもわからぬまま
般若心経をとなえていた

そうすることによって
やっとあさをむかえ
よるをおくった

3

はしゃぐ子供たちを
じっと抱いて
涙のにじむことがあった
生活が苦しかったのだ
生活に疲れていたのだ
ただ子供たちだけが
わたしを慰め
わたしを生かしていた

飯台 1月15日

何もかも生活のやり直しだ
引き揚げて五年目
やっと飯台を買った
あしたの御飯はおいしいねと
よろこんでねむった子供たちよ
はや目をさまして
珍しそうに
楽しそうに
御飯もまだ出来ないのに
自分たちの座る場所を
母親にきいている
わたしから左回りして
梨恵子
佐代子
妻
真美子の順である

温かいおつゆが匂っている
おいしくつかった沢あん漬けがある
子供たちはもう箸をならべている
ああ
飯台一つ買ったことが
こうも嬉しいのか
貧しいながらも
貧しいなりに育ってゆく子の
涙ぐましいまで
いじらしいながめである

あの時のことを　1月16日

あの時のことを
お互い忘れまい
ふたりが
かたく誓いあった時のことを
ふかく喜びあった時のことを

思いあがった時は
いつも思い出そう
初めて父となり
初めて母となった
あの日の嬉し涙を

お互い
古くなってゆく袋に
新しいものを入れなおそう
おのれを失った時は

いつも語りあおう
慰めあい
悲しみあい
苦しみあい
二人で過ごしてきた
数々の日のことを

なやめるS子に 1月17日

だまされてよくなり
　悪くなってしまっては駄目
いじめられてよくなり
　いじけてしまっては駄目
ふまれておきあがり
　倒れてしまっては駄目
いつも心は燃えていよう
　消えてしまっては駄目
いつも瞳（ひとみ）は澄んでいよう
　濁ってしまっては駄目

夕空　1月18日

わたしはいつもひとりだから
あたたかいひとのこころにふれると
ほろりとする
生きていることがうれしくなる
暮らしていくことに力がでる

今日あなたに会って帰るさの
夕の空のきれいだったこと
近かじか虹までたつではないか

ああわたしはもう
野心もなく欲もない
ただしずかに生きてゆきたい
美しい人の美しい心にふれて
こころみださず生きてゆきたい

※「帰るさの」は古語で、帰る時の意

純粋時間　1月19日

いつも三時、四時に起きるって？
何をしているの？
人はいぶかしげに問う
わたしははははと笑っているだけだが
何もしていない日もある
ぼんやり夜明けを待つ日もある
リルケのことを思ったり
セザンヌのことを考えたりして
ただ坐っている日が多い
しかしわたしにはこの空白な時間が
一番大事だ
夜明け前の静かなひととき
自分の世界を築きながら
独り坐っている
純粋なひとときが一番たのしい

生きてゆく力がなくなるとき　1月20日

死のうと思う日はないが
生きてゆく力がなくなることがある
そんなときお寺を訪ね
わたしはひとり
仏陀(ぶっだ)の前に坐ってくる
力わき明日を思うこころが
出てくるまで坐ってくる

ねがい　1月21日

あなたに合わせる手を
だれにも合わせるまで
愛の心をお与え下さい
どんなにわたしを
苦しめる人をも
すべてを許すまで
広い心をお授け下さい

※一部抜粋

待つだけでは来ない　1月22日

われわれの不幸は
待たなくてもやってくる
だがわれわれの幸福は
待つだけでは来ない

ハイを覚えそめた真美子に　1月23日

ハイということばを覚えそめた真美子よ
そのことばは人間の一番美しいことばだ
人間の一番純なことばだ
すやすや昼寝しているときでも
だれかが外で呼んだりすると
ハーイといって
ぱっと目をさます真美子よ
ハイというお前の返事は
何にもかえがたいほど美しい
今朝ふと目をさましたら
お前はまだうとうとしながら
ハイということばを
何度もいっているではないか
わたしはそのいじらしい心にうたれて
とび起きた
そしてお前の成長を祈った

オトウチャン
オカアチャンも
まだよく言えないお前だが
ハイという返事をききたささに
何でも頼めば
ハーイ　ハーイと言って
取ってきてくれる愛らしさ
真美子よ
そのまま素直に大きくなってくれ
明るい人になってくれ
ハイということばは
日本の一番美しいことばだ
女性の一番美しいへんじだ

念ずれば花ひらく　1月24日

念ずれば
花ひらく

苦しいとき
母がいつも口にしていた
このことばを
わたしもいつのころからか
となえるようになった
そうして
そのたび
わたしの花が
ふしぎと
ひとつ
ひとつ
ひらいていった

ざぼん　1月25日

妻よおまえと初めて会った日
そしておまえを貰うことにきめた日
母とわたしとはその喜びで有頂天になり
町じゅうのざぼんを買いしめでもしたように
両手に持ち肩にかけ首にさげ
南の町を去ったのだった
妻よあれから十六年
あちこちをさまよいつづけ
おまえも三十五になったか
今日さる人から
そのなつかしいざぼんの砂糖漬をもらって
はからずもその時のことを思い出したのだ
薫りあるあまい味わいが
その日の喜びをよみがえらせてくれたのだ

初めの日に　1月26日

その一

なにも知らなかった日の
あの素直さにかえりたい
一ぱいのお茶にも
手を合わせていただいた日の
あの初めの日にかえりたい

その二

慣れることは恐ろしいことだ
ああ
この禅寺の
一木一草に
こころときめいた日の
あの初めの日にかえりたい

めぐりあい　1月27日

1

人生は深い縁（えにし）の
不思議な出会いだ

2

世尊の説かれた
輪廻（りんね）の不思議
その不思議が
今のわたしを
生かしてゆく

3

大いなる一人のひととのめぐりあいが
わたしをすっかり変えてしまった
暗いものが明るいものとなり
信じられなかったものが
信じられるようになり
何もかもがわたしに呼びかけ
わたくしとつながりを持つ
親しい存在となった

4

子を抱（だ）いていると
ゆく末のことが案じられる
よい人にめぐりあってくれと
おのずから涙がにじんでくる

5

めのみえない人たちとの
ふしぎなめぐりあいが
このごろのわたしに
かぎりない力をあたえる

手をにぎりあって
喜びあう
めしいの人たちとの
あたたかい交わりが
いまのわたしに
ひとすじの光をあたえる

6

めぐりあいの
ふしぎに
てをあわせよう

手　1月28日

千も万もの手が
わたしをきびしく
打ちのめす日と
千も万もの手が
わたしをやわらかく
つつんでくれる日とがある

花はひらけど　1月29日

花はひらけど
わが眼ひらかず
わが心ひらかず

独り行く　1月30日

うしろから投げつけられた激しい言葉を
一呼吸ごと消し昼の街を独り歩いて行く

空の一角から　1月31日

迷うな
迷うなと
空の一角から
きこえてくる声がする
いましがた飛んでいった
小鳥たちのこえであろうか

六魚庵箴言　直民

その一

往くともいゞ一すじであれ
どこまでも掘りさげて生け
いつも澄んで天の一角を見つめよ

その二

貧しくとも心はつねに高貴であれ
一輪の花にも季節の心を知り
一片の雲にも無心の詩を抱き
一碗の米にも労苦の恩を感じよう

その三

いかなる任にあるがままに
おのが道を素直に一途に歩け

2月

1日　かなしみ
2日　一日一信
3日　桃咲く
4日　光を吸え
5日　子らゆえに
6日　念ずる心
7日　自らを励ますうた
8日　いつどこで
9日　大木の幹
10日　両手の世界
11日　自戒のうた
12日　一字一輪
13日　木の葉
14日　序詩
15日　蜜
16日　一遍智真
17日　無心無礙
18日　タンポポ魂
19日　浪々漂々
20日　みめいこんとん
21日　尊いのは足の裏である
22日　こつこつ
23日　一すじに
24日　おのずから
25日　一途一心
26日　手
27日　会いたき人あれば
28日　バスのなかで
29日　みつめる

かなしみ

2月1日

1

なんとも言えぬかなしみが
潮(うしお)のように満ちてきて
じっと寝ていられぬときがある

2

なんとも言えぬかなしみが
潮のように引いていったあと
まもられている自分に涙することがある

一日一信　2月2日

一日
一信
やっと楽しい
ひとときがきた
あの人
この人を
身近かにおいて
一字
一字
書くひとときの
うれしさ

桃咲く　2月3日

病いが
また一つの世界を
ひらいてくれた

桃
咲く

光を吸え

2月4日

朝(あさ)は
太陽に向かって
その清らかな
光を浴び
夕(ゆうべ)は
月に向かって
その静かな
光を吸え

子らゆえに　2月5日

子らゆえに
虚無にもならず

子らゆえに
悲しみに堪え

子らゆえに
死にもせず

子らゆえに
生を愛す

念ずる心　2月6日

善根熟するまで
念々怠らず精進して
自己を作っておこう
そしたら
春風吹き来った時
花ひらくことができ
春雨降り来った時
芽を出すこともできよう

自らを励ますうた　2月7日

真民よ
人間を少しでも引き上げるような詩人になれ
世界を少しでも善くするような詩人になれ
人間を絶望させ
人間を堕落させ
人間を否定するような詩をつくるな
エヴェレストの頂のように
マナスルの山のように
毅然と立て
深海の魚のように
自ら燈(あかり)をつけて遊泳せよ
どん底から真理を発見して
前進せよ

いつどこで　2月8日

いつどこで
わたしのことを思うて
ペンをとったり
祈りをしたり
道を歩いたり
草をむしったり
御飯をたいたり
お茶をたてたり
している人があるかも知れぬ
そう思うと
この身を大事にしなくてはならぬ
一層奉仕のまことをつくさねばならぬ

大木の幹　2月9日

大木の幹にさわっていると
大木の悲しみが伝わってくる
孤独というものは
猛獣にすらあるものだ
万年の石よ
沈黙の鬱屈よ
風に泣け
月に吼えろ

両手の世界　2月10日

両手を合わせる
両手で握る
両手で支える
両手で受ける
両手の愛
両手の情
両手合わしたら
喧嘩もできまい
両手に持ったら
壊れもしまい
一切衆生(しゅじょう)を
両手に抱(いだ)け

自戒のうた　2月11日

小さな家にいても
こころ貧しくなるな
まずいものを食っていても
物欲しくなるな
堪えがたいことがあったら
一本の木を見つめて
勇気を出せ
生命をつかむためには
素直にならなければならぬ
真民よ
あせらず
くにせず
しずかに
自分の道を
まっすぐに行け

一字一輪　2月12日

字は一字でいい
一字にこもる力を知れ
花は一輪でいい
一輪にこもる命を知れ

木の葉　2月13日

木の葉を
日の光に
透かしてごらんなさい
一枚一枚に
大宇宙の詩が
書きしるしてあります
それをどうか読みとって下さい

序詩　2月14日

花咲けば
共に眺めん
実熟せば
共に食べん
悲喜分かち
共に生きん

蜜　2月15日

毎日蜜を吸っていると
いつか胡蝶となって
三千里外を飛ぶ
不思議な軽い体となるかも知れぬ

きのうもそう思った
きょうもそう思う

蜜を飲みはじめてから八年
ダルマは面壁九年というが
もうわたしにもそろそろ
奇蹟が現れてもいい年だ

一遍智真　2月16日

捨て果てて
捨て果てて
ただひたすら六字の名号（みょうごう）を
火のように吐いて
一処不住の
捨身一途（しゃしんいちず）の
彼の狂気が
わたしをひきつける

六十万人決定往生（けつじょうおうじょう）の
発願（ほつがん）に燃えながら
踊り歩いた
あの稜々（りょうりょう）たる旅姿が
いまのわたしをかりたてる

芭蕉の旅姿もよかったにちがいないが
一遍（いっぺん）の旅姿は念仏のきびしさとともに
夜明けの雲のようにわたしを魅了する

痩手（そうしゅ）合掌
破衣（はい）跣（はだし）の彼の姿に
わたしは頭をさげて
ひれ伏す

無心無礙　2月17日

雲の
あのかたち
無心なるもののうつくしさよ
水の
あのひびき
無礙(むげ)なるもののこころよさよ

タンポポ魂　2月18日

踏みにじられても
食いちぎられても
死にもしない
枯れもしない
その根強さ
そしてつねに
太陽に向かって咲く
その明るさ
わたしはそれを
わたしの魂とする

浪々漂々　2月19日

しっぽを振らないから
浪々（ろうろう）としてきた

しっぽを振りたくないから
漂々（ひょうひょう）としてきた

おかげでいやな鎖にも
つながれず
猫族（びょうぞく）のように
生きてきた。

みめいこんとん　2月20日

わたしがいちにちのうちで
いちばんすきなのは
みめいこんとんの
ひとときである
わたしはそのこんとんのなかに
みをなげこみ
てんちとひとつになって
あくまのこえをきき
かみのこえをきき
あしゅらのこえをきき
しょぶつしょぼさつのこえをきき
じっとすわっている
てんがさけび
ちがうなるのも
このときである
めいかいとゆうかいとの
くべつもなく
おとことおんなとの
ちがいもなく
にんげんとどうぶつとの
さべつもない
すべてはこんとんのなかに
とけあい
かなしみもなく
くるしみもなく
いのちにみち
いのちにあふれている
ああわたしが
いちにちのうちで
いちばんいきがいをかんずるのは
このみめいこんとんの
ひとときである

尊いのは足の裏である　2月21日

1

尊いのは
頭でなく
手でなく
足の裏である

一生人に知られず
一生きたない処と接し
黙々として
その努めを果してゆく
足の裏が教えるもの

しんみんよ
足の裏的な仕事をし
足の裏的な人間になれ

2

頭から
光が出る
まだまだだめ

額から
光が出る
まだまだいかん

足の裏から
光が出る
そのような方こそ
本当に偉い人である

こつこつ　2月22日

こつこつ
こつこつ
書いてゆこう

こつこつ
こつこつ
歩いてゆこう

こつこつ
こつこつ
掘り下げてゆこう

一すじに　2月23日

一すじに
生きたる人の尊さ

一すじに
歩みたる人の美しさ

われもまた
一すじに
生きん
一すじに
歩まん

おのずから　2月24日

花おのずからにして咲き
道おのずからにして開く

ああ
わが愛する
朴の木のごとく
あせらず
いそがず
この世を生きてゆかん
一つの道を貫きゆかん

守らせたまえ
導きたまえ

一途一心　2月25日

一途に生きているから
星が飛び
花が燃え
天地が躍動するのだ
雲が呼び
草が歌い
石が唸るのだ

一心に生きているから
この手が合わされ
憎しみを
愛に変えることができるのだ

一途であれ
一心であれ

手

2月26日

1

ストーブにかざした手を
そっとひっこめることがある
あまりにもひんじゃくな
手なので

2

この痩せた手で
生きてきたのだ
妻と三人の子たちを
養ってきたのだ
いや生かされ
養われきたのだと
じっと手を合わせる

会いたき人あれば　2月27日

会いたき人あれば
一輪の花にも
こころときめき
一羽の鳥にも
むねをあつくす

バスのなかで　2月28日

この地球は
一万年後
どうなるかわからない
いや明日
どうなるかわからない
そのような思いで
こみあうバスに乗っていると
一人の少女が
きれいな花を
自分よりも大事そうに
高々とさしあげて
乗り込んできた

その時
わたしは思った
ああこれでよいのだ

たとい明日
この地球がどうなろうと
このような愛こそ
人の世の美しさなのだ
たとえ核戦争で
この地球が破壊されようと
そのぎりぎりの時まで
こうした愛を
失わずにゆこうと
涙ぐましいまで
清められるものを感じた
いい匂いを放つ
まっ白い花であった

みつめる　2月29日

じぶんを
一本のろうそくとしてみつめ
一本のせんこうとしてみつめ
一つのことに燃え尽きるのだ

3月

1日　一つのいのちを
2日　訣別
3日　しんみん五訓
4日　生きる
5日　一本の道を
6日　つねに前進
7日　限りあるいのちを持ちて
8日　昼の月
9日　大木と菩薩
10日　ねがい
11日　一輪の花のごとく
12日　赤ん坊のように
13日　リンリン
14日　石を思え
15日　つみかさね
16日　すべては光る
17日　サラリ
18日　うつしよにほとけいまして
19日　軽くなろう
20日　生きることとは
21日　しんみん三訓
22日　大木を仰げ
23日　宇宙
24日　わたしの詩
25日　涼しさ
26日　道
27日　朝に夕に
28日　一遍一念
29日　ねがい
30日　鉄眼と一遍
31日　真実

一つのいのちを　3月1日

一つのいのちを
二つに分けて
捧げようとするな
一つのいのちは
一つのものに
捧げ尽くさねばならぬ

訣別　3月2日

人はさよならと言うとき
一番美しい姿になる
目に光が生まれ
胸に愛が溢れてくる
ああ訣別を持つがゆえに
人生は美しい

しんみん五訓　3月3日

クヨクヨするな
フラフラするな
グラグラするな
ボヤボヤするな
ペコペコするな

生きる　3月4日

生きることの
むつかしさ
生きることの
ありがたさ
生きることの
うつくしさ
まかせきって
生きることの
よろこびに
燃えよう

一本の道を　3月5日

木や草と人間と
どこがちがうだろうか
みんな同じなのだ
いっしょうけんめいに
生きようとしているのを見ると
ときにはかれらが
人間よりも偉いとさえ思われる

かれらは時がくれば
花を咲かせ
実をみのらせ
自分を完成させる
それにくらべて人間は
何一つしないで終わるものもいる

木に学べ

草に習えと
わたしは自分に言い聞かせ
今日も一本の道を行く

つねに前進　3月6日

すべて
とどまると
くさる

このおそろしさを
知ろう

つねに前進
つねに一歩

空也は左足を出し
一遍は右足を出している

あの姿を
拝してゆこう

限りあるいのちを持ちて　3月7日

限りある
いのちを持ちて
限りなき
いのちのひとを
恋いたてまつる
いきとし生けるもの
いつの日か終わりあり
されど
終わりなきひといますなれば
一日(ひとひ)のうれしかりけり
一生(ひとよ)のたのしかりけり

昼の月　3月8日

昼の月を見ると
母を思う
こちらが忘れていても
ちゃんと見守っていて下さる
母を思う
かすかであるがゆえに
かえって心にしみる
昼の月よ

大木と菩薩　3月9日

大木は
いつも瑞々しい
それは
いつも伸びようと
しているからだ

菩薩は
つねに若々しい
それは
つねに夢を持って
いられるからだ

ねがい

3月10日

道は数限りなくあれど
わが辿る道は
ただ一つのみ

花は数限りなくあれど
わが願う花は
ただ一つのみ

わが道を
行かしめ給え

わが花を
咲かしめ給え

一輪の花のごとく　3月11日

わが生よ
一輪の花のごとく
一心であれ
わが死よ
一輪の花のごとく
一切であれ

赤ん坊のように　3月12日

どうでもいいという
人間からは
なにも生まれてはこない
そういう生き方からは
なにも授かりはしない

祈るのだ
願うのだ
赤ん坊のように
いのちの声を
はりあげて
呼ぶのだ

リンリン

3月13日

リンリンと
風を切って
歩いてゆこう

リンリンと
鈴を振って
念じてゆこう

リンリンと
虫が鳴く

リンリンと
星が光る

石を思え

3月14日

腹の立つ時は
石を見よ
千万年も黙って
濁世（じょくせ）のなかに
坐り続けている
石を思え

つみかさね　3月15日

一球一球のつみかさね
一打一打のつみかさね
一歩一歩のつみかさね
一坐一坐のつみかさね
一作一作のつみかさね
一念一念のつみかさね

つみかさねの上に
咲く花
つみかさねの果てに
熟する実

それは美しく尊く
真(しん)の光を放つ

すべては光る　3月16日

光る
光る
すべては
光る
光らないものは
ひとつとしてない
みずから
光らないものは
他から
光を受けて
光る

サラリ

3月17日

すべて
サラリと
流してゆかん
川の如く

すべて
サラリと
忘れてゆかん
風の如く

すべて
サラリと
生きてゆかん
雲の如く

うつしよにほとけいまして　3月18日

うつしよにほとけいまして
われをみちびき
われをまもりたもう

うつせみのいのちを
いまにいたるまで
あらしめたもう

ちからよわきわれに
うからをやしなわしめ
いきるひのかてを
あたえたもう

ああ
うつつのごとく
ほとけいまして

なみだながるる
ひかりながるる

軽くなろう　3月19日

軽くなろう
軽くなろう
重いものは
みんな捨てて
軽くなろう
何一つ身につけず
念仏となえて
歩きまわった
一遍さんのように
軽くなろう

生きることとは　3月20日

生きることとは
愛することだ
妻子を愛し
はらからを愛し
おのれの敵である者をも
愛することだ

生きることとは
生きとし生けるものを
いつくしむことだ
野の鳥にも草木にも
愛の眼（まなこ）をそそぐことだ

生きることとは
人間の美しさを
失わぬことだ

どんなに苦しい目にあっても
あたたかい愛の涙の
持ち主であることだ

ああ
生きることとは
愛のまことを
貫くことだ

しんみん三訓　3月21日

貧しくあれ
つつましくあれ
捨て身であれ

大木を仰げ

3月22日

堪えがたい時は
大木を仰げ
あの
忍従の
歳月と
孤独とを
思え

宇宙

3月23日

一字に
宇宙がある

一音に
宇宙がある

一輪に
宇宙がある

ああ
お前もいつか
宇宙となれ

わたしの詩　3月24日

わたしの詩は
生きるために苦しみ
生きるために悩み
生きるために泣き
生きるために
さげすまれ
はずかしめられても
なお生きようとする
そういう人たちにささげ
そういう人たちに読んでもらう
わたしの願いの
わたしの祈りの
かたまりであり
湧き水である

涼しさ 3月25日

良寛さんの
詩歌は
涼しい

一遍さんの
念仏も
涼しい

西行も
芭蕉も
これを持っている

わたしも
この涼しさが
好きだ

道　3月26日

一遍も
一遍の道を
行った

良寛も
良寛の道を
行った

真民よ
真民の道を
行け

朝に夕に　3月27日

守られている
ありがたさよ
生かされている
うれしさよ
朝に夕に
手を合わせよう
感謝のまことを
ささげよう

一遍一念　3月28日

この世は
一遍きり
だから
一念を
貫いてゆこう

ねがい　3月29日

一人のねがいを
万人のねがいに

一人のいのりを
万人のいのりに

一人のあゆみを
万人のあゆみに

一人のゆめを
万人のゆめに
高めてゆこう
広めてゆこう
守らせたまえ
導きたまえ

鉄眼と一遍　3月30日

しんみんよ
こころが弱くなったら
鉄眼（てつげん）を思え
モッコス肥後の
真骨頂を示した
一切経開板の
願力を学べ

しんみんよ
こころが弛（ゆる）んだら
一遍を思え
仏島四国の
真骨頂を示した
六十万人決定往生（けつじょうおうじょう）の
願心を学べ

真実　3月31日

わたしが希求するのは
真実
一輪の花の
真実
いのちに満ちた
天と地とに広がる
真実
時間と空間とを貫く
真実
神と人間とを結ぶ
真実
それは限りなく
わたしを吸引し
わたしを連行する

4月

1日　接点
2日　ねがい
3日　時間をかけて
4日　つゆのごとくに
5日　大木
6日　生き方
7日　こちらから
8日　今
9日　捨
10日　くちなしの花
11日　花と星
12日　鳥は飛ばねばならぬ
13日　ウンとスン
14日　美
15日　風
16日　鈴虫
17日　花と仏
18日　光と風のなかを
19日　自分のもの
20日　光と闇
21日　一貫
22日　悲嬉
23日　めぐりあい
24日　捨ての一手
25日　三不忘
26日　ねがい
27日　火と水
28日　しんみん三針
29日　杖
30日　三学

接点　4月1日

わたしが
尊ぶのは
接点
光と闇との
接点
夜と朝との
接点
生と死との
接点
わたしの詩は
この接点の
火花

ねがい

4月2日

人は終焉（しゅうえん）に向かって
自分を磨いて
ゆかねばならぬ
たゆまず
おこたらず
あせらず
いそがず
大木朴（ほお）の如く

時間をかけて　4月3日

あせるな
いそぐな
ぐらぐらするな
馬鹿にされよと
笑われようと
自分の道をまっすぐゆこう
時間をかけて磨いてゆこう

つゆのごとくに　4月4日

いろいろのことありぬ
いろいろのめにあいぬ
これからもまた
いろいろのことあらん
いろいろのめにあわん
されどきょうよりは
かなしみも
くるしみも
きよめまろめて
ころころと
ころがしゆかん
さらさらと
おとしてゆかん
いものはの
つゆのごとくに

大木　4月5日

木が美しいのは
自分の力で立っているからだ

広い屋敷には村一番の
いちい樫の大木があった
その頃がわたしの
一番幸せな時であった
いちいの実のおちる音を
父のそばに寝てじっときいていた

八つのとき父が急逝し
流転（るてん）の人生が始まった
そんな時いつもわたしを励まし
力づけてくれたのは
独りで立っている大木であった

生き方

4月6日

わたしが尊ぶのは
その人の思想ではなく
その人の生き方だ
わたしが木を見て
感動するのも
絶えず天へ向かって
伸びようとしている
あの張りつめた姿にある
若木は若木なりに
老い木は老い木なりに
己れを己れたらしめようとしている
人間以上のものを
わたしは木々に感じて
その前に立つのである
あの興奮はたまらなくいい

こちらから　4月7日

こちらからあたまをさげる
こちらからあいさつをする
こちらから手を合わせる
こちらから詫（わ）びる
こちらから声をかける
すべてこちらからすれば
争いもなくなごやかにゆく
こちらからおーいと呼べば
あちらからもおーいと応（こた）え
赤ん坊が泣けばお母さんが飛んでくる
すべて自然も人間も
そうできているのだ
仏さまへも
こちらから近づいてゆこう
どんなにか喜ばれることだろう

4月8日

大切なのは
かつてでもなく
これからでもない
一呼吸
一呼吸の
今である

捨　4月9日

己れを
捨て去った時
リンリンと
鳴るものがあった
フクイクと
匂うものがあった
ピカピカと
光るものがあった

くちなしの花　4月10日

責めるな
責めるな
人を責めるのが
一番いかんと
朝夕
わたしに告げる
くちなしの花

花と星　4月11日

天に向かって
花は咲き
地に向かって
星は光る
ああ
人は何に向かって
生きるのか
朝（あした）には花に向かい
夕（ゆうべ）には星に向かい
われは願いを
重ねゆく

鳥は飛ばねばならぬ　4月12日

鳥は飛ばねばならぬ
人は生きねばならぬ
怒濤の海を
飛びゆく鳥のように
混沌の世を生きねばならぬ
鳥は本能的に
暗黒を突破すれば
光明の島に着くことを知っている
そのように人も
一寸(いっすん)先は闇ではなく
光であることを知らねばならぬ
新しい年を迎えた日の朝
わたしに与えられた命題
鳥は飛ばねばならぬ
人は生きねばならぬ

ウンとスン　4月13日

かなしいときは
石でも声を出し
うれしいときは
馬でも笑う
ウンとも
スンとも
言わない人間は
ほんとに生きてない
証拠だ

美　4月14日

うごいているから
うつくしいのだ

風　4月15日

ともに
あゆめば
風
ひかる

鈴虫　4月16日

しんみんさん
感激をなくしたら
もうおしまいですよ
そう言い聞かせるかのよう
昨夜から鈴虫が鳴きだした
冴えた鳴きごえが
わたしの心と体とを
ふるいたたせた

花と仏

4月17日

花が仏であり
仏が花である
そのことを
知らせにきた
朴の花よ

光と風のなかを　4月18日

多くの人が光と風のなかを
通っていった
わたしもその中の一人として
この道を辿り
やっとうしろを振りかえり見る
心のおちつきを持つことが
できるようになった
青春の日の動揺が
今なお体のどこかに
残ってはいるものの
それはそれなりに
わたしを前進させてくれた
わたしは人よりも
十年も二十年もおくれて出発し
その歩みも遅々（ちち）としていたが
真（しん）の光と風とを

今やっと知ることができた
酉年（とりどし）生まれのわたしは
鳥のように
光と風のなかを
もうしばらく飛んでゆこう

自分のもの　4月19日

かすかな
光であっても
ちいさい
花であっても
自分のものであれば
最高であり
最大である

光と闇　4月20日

光だ
光だ
という人には
いつか光が射してくるし

闇だ
闇だ
という人には
いつまでも闇が続く

一貫

4月21日

一以って貫く
わたしは
これが好きだ
わたしは
愚か者だから
これしか
できないのだ

一貫の詩
一貫の愛
一貫の師
これが
しんみんの
生き方だ

悲嬉　4月22日

悲しいことは
風と共に
消えてゆけ
嬉しいことは
潮(うしお)のように
響かせよ

めぐりあい　4月23日

足をとめて見入る
花とのめぐりあい
耳をかたむけて聞き入る
鳥とのめぐりあい
めぐりあいのふしぎを
ふかめてゆこう

捨ての一手　4月24日

天才でない者は
捨ての一手で
生きるほかはない
雑事を捨てろ
雑念を捨てろ

三不忘　4月25日

貧しかった時のことを
忘れるな
苦しかった時のことを
忘れるな
嬉しかった時のことを
忘れるな

ねがい　4月26日

強くなろう
タンポポの根のように
強くなろう

美しくなろう
タンポポの花のように
美しくなろう

軽くなろう
タンポポの種のように
軽くなろう

幸せをまき散らそう
タンポポの花言葉のように
幸せをまき散らそう

火と水　4月27日

母は火であった
阿蘇の火を見て育った母は
いつも燃えていた
その母から生まれたわたしは
水であった
一白水星生まれのわたしは
それでよいと思った
下へ下へと
流れてゆく水
急がず
あせらず
争わず
流れてゆく水
水を見ていると
わたしの心はなごむ

しんみん三針　4月28日

フラフラするな
グラグラするな
ウコサベンするな

杖 4月29日

詩は
わたしにとっては
一本の杖
生き難い世を
生きてゆく
生命の杖
これなくては
歩けない
盲人のあの
白い杖

三学　4月30日

一つ
いかに生きるかを学べ
二つ
いかに愛するかを学べ
三つ
いかに死するかを学べ

鳥は飛ばねばならぬ

鳥は飛ばねばならぬ
人は生きねばならぬ
怒濤の海を
飛びゆく鳥のように
混沌の世を
生きねばならぬ
鳥は本能的に
暗黒を突破すれば
光明の島に着くことを知っている
そのように人も
一寸先は闇ではなく
光であることを知らねばならぬ
新しい年を迎えた日の朝
わたしに与えられた命題
鳥は飛ばねばならぬ
人は生きねばならぬ

真民

5月

1日　一年草のように
2日　成熟
3日　せい一ぱい
4日　花
5日　一度
6日　母という字
7日　祈り
8日　孤独
9日　精一杯
10日　中年の人よ
11日　光を吸おう
12日　浜に行ってごらん
13日　もっとも美しかった母
14日　四訓
15日　世界
16日　新生の自分
17日　きわみに
18日　花は歎かず
19日　殻
20日　からっぽ
21日　所思
22日　一つ
23日　輪廻
24日　悟り
25日　若さ
26日　三願
27日　詩魂
28日　わたしを支えてきたもの
29日　ただわたしは
30日　自分の詩
31日　本腰

一年草のように　5月1日

生も一度きり
死も一度きり
一度きりの人生だから
一年草のように
独自の花を咲かせよう

成熟　5月2日

天才でない者は
成熟を待たねばならぬ

せいーぱい　5月3日

どんな小さい花でも
せい一ぱい
咲いているのだ
だからかすかな自分でも
せい一ぱい
生きてゆこう

花

5月4日

何が
一番いいか
花が
一番いい
花の
どこがいいか
信じて
咲くのがいい

一度　5月5日

人は一度
死なねばならぬ
日は一度
沈まねばならぬ
光は一度
闇にならねばならぬ
これが宇宙の教えだ
このことがわかれば
大概のことはわかる

母という字　5月6日

ちかごろ母という字を
ずいぶん書くが
こんなに難しいとは
全く知らなかった
百書いて
ああいい字が
書けたと思うのは
ほんの僅かである
これと同じように
母の苦労を知ることも
また難しい

祈り

5月7日

いい詩が生まれるためには
もっと祈りを
熱いものにしなくてはならぬ
しんみんよ
あのしんけんな
虫たちの声を聞け
あの鶏頭の
燃え立つ色を見よ

孤独　5月8日

放哉も
山頭火も
孤独だった
だから
あんないい句ができたのだ

深海の真珠も
深山の水晶も
孤独なのだ
だから
あんないい玉になるのだ

精一杯　5月9日

すべてのものが
精一杯
生きているのだ
蟻も蜜蜂も
精一杯
働いているのだ
それが生命を与えられたものの
真の姿だ

中年の人よ　5月10日

中年の人よ
自己と戦え
孤独になれば
孤独と戦い
名声を得れば
名声と戦い
いつも手綱を
引き締めよ
不遇だった時を
忘れるな
貧乏だった頃を
思い出せ
つねに謙虚であれ
奢りは悪魔の誘いだと思え

光を吸おう　5月11日

光を吸おう
光を吸おう
足の裏から
光が出るまで
光を吸おう

浜に行ってごらん　5月12日

浜に行ってごらん
石ころでも
波に自分を
磨いているのです
おのれを円くするために
光る存在とするために

もっとも美しかった母　5月13日

もっとも美しかった母の
その姿がいまもなお消えず
わたしの胸のなかで匂うている
きょうはわたしの誕生日
わたしに乳を飲ませて下さった最初の日
わたしはいつもより早く起きて母を思い
大地に立って母の眠りいます
西方九州の空を拝み
満点の星を仰いだ
その日もきっとこんなに美しい
星空だったにちがいない

よく母は話してきかせた
目の覚めるのが早い鳥たちが
つぎつぎに喜びを告げにきたことを
その年は酉年だったので
鳥たちも特に嬉しかったのであろう

そういう母の思い出のなかで
わたしが今も忘れないのは
乳が出すぎて
乳が張りすぎてと言いながら
よく乳も飲まずに亡くなった村びとの
幼い子たちの小さい墓に
乳をしぼっては注ぎしぼっては注ぎ
念仏をとなえていた母の
美しい姿である
若い母の大きな乳房から出る白い乳汁が
夕日に染まって
それはなんとも言えない絵のような
美しい母の姿であった

ああ
いまも鮮明に瞼(まぶた)に灼(や)きついて
わたしを守りわたしを導き
わたしの詩と信仰とを支えている
虹(にじ)のような乳の光よ
春の花のような乳の匂いよ

四訓　5月14日

川はいつも流れていなくてはならぬ
頭はいつも冷えていなくてはならぬ
目はいつも澄んでいなくてはならぬ
心はいつも燃えていなくてはならぬ

世界　5月15日

年をとることは
いいことだ
とってみなければ
わからない世界が
開けてゆく
特に今年は
何だかすべてが
新鮮だ

新生の自分　5月16日

しんの変身とは
生きる姿勢を
変えることだ
自分のためばかりに
生きてきた
この身を
他の人のために生きる
姿に変えることだ
醜い虫が
あの美しい蝶になる
あの変身を
じっと見つめて
新生の自分を
作ってゆこう

きわみに　5月17日

かなしみの
きわみに
詩が生まれ
かなしみの
きわみに
光が射し
かなしみの
きわみに
手が合わされる

花は歎かず　5月18日

わたしは
今に生きる姿を
花に見る
花の命は短くて
など歎かず
今に生きる
花の姿を
賛美する
ああ
咲くもよし
散るもよし
花は歎かず
今に生きる

殼　5月19日

殼(から)を脱ぐ
それはかにもやる
とんぼやせみもやる
人間もこれをやらねばならぬ
木は年輪を持つ
竹は節(ふし)を持つ
人間もこれを持たねばならぬ
うどの大木では
かにやとんぼや木や竹に笑われる
生まれたままでは
万物の霊長とは言われぬ
殼を脱ごう
年輪や節を持とう
新しい自分を作るため
新しい世界を開くため

からっぽ　5月20日

頭を
からっぽにする
胃を
からっぽにする
心を
からっぽにする
そうすると
はいってくる
すべてのものが
新鮮で
生き生きしている

所思 5月21日

流れてさえおれば
水は必ず海に達する
それと同じように
努力さえしておれば
所思は必ず遂げられる

一つ

5月22日

一つの光を
見つめて行くのだ
一つの道を
尋ねて歩くのだ
一つの事を
続けて進むのだ
他を求めようとせず
ただ一つを目ざし
それを深め極めるのだ

輪廻　5月23日

わたしが
タンポポになる
タンポポが
わたしになる
大地のある限り
わたしと
タンポポとの
終わりのない
輪廻（りんね）

悟り

5月24日

悟りとは
自分の花を
咲かせることだ
どんな小さい
花でもいい
誰のものでもない
独自の花を
咲かせることだ

若さ

5月25日

若さというものは
顔ではない
心だ
未来への願いを持って
今日を生きる
それが真の若さだ

三願　5月26日

鳥のように
一途に
飛んでゆこう

水のように
素直に
流れてゆこう

雲のように
身軽に
生きてゆこう

詩魂　5月27日

赤ん坊が
母の乳を飲むように
わたしは夜明けの
大生命を吸飲する
そしてそれが
わたしの詩魂となる

わたしを支えてきたもの　5月28日

冷たい風が吹いたり
白いものがちらついたりすると
わたしの瞼に
浮かんでくるものがある
わたしの心に
閃(ひらめ)いてくるものがある
それは親たちの歎きのなかに
消えていった
童子たちの墓に
乳をしぼっては
振りかけている
母の姿である
乳が多くて
乳が出すぎてといって
乳もたっぷり飲まずに
あの世へいった
幼い者たちの小さい墓標に
温かい乳を
振りかけている
母の心である

共同墓地は田んぼのなかの
道ばたにあった
一本の木もなく
ただ墓石だけが
かたまって建っていた
わたしの四つのころだから
母は三十を少し出たばかりであった
ああ今にいたるまで
大きくわたしを支え
導き励ましているものよ
愛に溢れた名画のように

ただわたしは　5月29日

神のうたをつくらず
仏のうたをつくらず
ただわたしは
人間のうたをつくる
人間のくるしむうたを
くるしみから立ちあがるうたを

自分の詩　5月30日

自分の詩を書くのだ
ほかの人の詩なんか
どうでもよいのだ
どんなに上手でも
うらやましいと思うな
自分は自分の詩を
一生懸命
書いてゆけばいいんだ
字だってそうだ
自分の字で押し通してゆくのだ
いのちあふれた字を
書いてゆけばいいのだ

本腰　5月31日

なにごとも
本腰にならねば
いい仕事はできない
新しい力も
生まれてはこない
本気であれ
本腰であれ

花
何が一番いいか
花が一番いい
花のどこがいいか
信じて咲くのがいい

6月

1日　愛
2日　天に向かって
3日　闇と光
4日　風
5日　花
6日　燃える
7日　詩と信仰
8日　愛の電流
9日　ねがい
10日　意義と息
11日　まだまだ
12日　無限
13日　つねに
14日　あしとあたま
15日　火
16日　大恩
17日　ひらく
18日　手を合わせる
19日　本もの
20日　エネルギー
21日　目覚めて思う
22日　人間作り
23日　幸せの帽子
24日　こころ
25日　新月
26日　あけくれ
27日　悲しさ
28日　未練
29日　約束
30日　自重自戒

6月1日

愛とは
呼吸がぴったりと
合うことである

天に向かって　6月2日

あせるな
いそぐな
朴の木のように
ゆっくりと
葉を出し
花を咲かせ
天に向かって
おのれを示せ

闇と光　6月3日

闇深ければ
光もまた強し

風　6月4日

感動なき民は滅ぶ
風はその感動を
運んできてくれる
特に未明暁天の風には
いのちが一ぱいこもっている

花

6月5日

花には
散ったあとの
悲しみはない
ただ一途に咲いた
喜びだけが残るのだ

燃える

6月6日

燃えていなかったら
どうして相手の人に
火をつけることができよう
そのためにわたしは
初光吸飲を続けるのである

詩と信仰　6月7日

しんの生活なきところに
真実の詩は生まれない
しんの信仰なきところに
生命の詩は生まれない

愛の電流

6月8日

こんとん未明の刻
おん霊から発してくる
詩魂の電流
静寂な大気を直進してくる
純にして美なる電流
わたしを動かし
わたしを生かす
はるか彼方（かなた）からの
力に満ち
愛に溢（あふ）れた電流

ねがい

6月9日

五臓六腑に
しみわたってゆく
そういう詩を
作らねばならぬ

肝に刻み込まれて
消えないような
そういう詩を
授からねばならぬ

意義と息　6月10日

すべて長く続けることに
意義がある
息でもそうだ
長い息が
長生きにつながるのだ

まだまだ　6月11日

まだまだ
勉強せねばならん
まだまだ
知らねばならん
まだまだ
死ねん
そう思う暁の
風の音

無限　6月12日

宇宙が無限であるように
母恩も無限である

つねに

6月13日

つねに
流れて
いるから
川は生きて
いるのだ
止まるな
滞るな
つねに
動いておれ
頭も
足も

あしとあたま　6月14日

あたまと
あしではない
あしと
あたまである
あしが先で
あたまが後である
これがしんみん流の
考え方

火

6月15日

情熱を失ったら
もうおしまいだ
詩の火をかきたて
詩心を燃やせ

大恩

6月16日

三つの時の写真と
七十三歳の写真とを
並べて見ていると
守られて生きてきた
数知れないあかしが
潮のように迫ってくる
返しても返しても
返しきれない
数々の大恩よ

ひらく

6月17日

花ひらく
運ひらく
道ひらく
目ひらく
心ひらく
すべて
開くことが
大事だ
大道は無門
閉ざしてはならぬ

手を合わせる 6月18日

手を合わすれば
憎む心もとけてゆき
離れた心も結ばれる
まるいおむすび
まるいもち
両手合わせて作ったものは
人の心をまるくする
両手合わせて拝んでゆこう

手を合わすれば
重い心も軽くなり
濁った心も澄んでくる
生かされ生きて花薫る
楽しい世界にしてゆこう
二度とこないこの人生を

本もの　6月19日

人間は本ものに出会わないと
本ものにならない
利根白泉先生
杉村春苔尼先生
お二人とも
本ものの中の本ものだった
自分の家
自分の土地
自分のもの
一切を所有せず
すべて他のために身を捧げ
忽焉(こつえん)として去ってゆかれた
散り際の見事さも
本もののしるしであった

エネルギー　6月20日

祈ることによって
エネルギーは増大する
天のエネルギー
地のエネルギー
この無限のエネルギーを
吸飲摂取するのだ
そして小さい自己を
大きな自己にするのだ

目覚めて思う　6月21日

目覚めて思う
わたしの頭は
経理も計算も駄目
碁や将棋のような
勝負ごとも駄目
若い時はずいぶん
こんな偏頗な頭を悲しんだが
今は感謝している
なぜなら
神さま仏さまのことがわかる
頭だったからである
木のこえ　石のこえ
生きとし生けるもののこえを
聞くことのできる
この頭を大切にしてゆこう

人間作り　6月22日

花作りも
人間作りも同じだ
どんないい種でも
しっかりと土作りをし
たっぷりと肥料をやり
うんと光と水とを与えてやらねば
いい花は咲かない
日々の努力
念々の精進
その果てに
見事な花が咲き
見事な実がなり
真実な人間が出来あがる

幸せの帽子　6月23日

すべての人が幸せを求めている
しかし幸せというものは
そうやすやすとやってくるものではない
時には不幸という帽子をかぶって
やってくる
だからみんな逃げてしまうが
実はそれが幸せの
正体だったりするのだ

わたしも小さい時から
不幸の帽子を
いくつもかぶせられたが
今から思えばそれがみんな
ありがたい幸せの帽子であった
それゆえ神仏のなさることを
決して怨んだりしてはならぬ

こころ　6月24日

こころを持って生まれてきた
これほど尊いものがあろうか
そしてこのこころを悪く使う
これほど相すまぬことがあろうか
一番大事なことは
このこころに
花を咲かせること
小さい花でもいい
自分の花を咲かせて
仏さまの前に持ってゆくことだ

新月　6月25日

老い込んでは駄目
心が老い込んだら
体も老い込んでしまう
詩人は常に
新月のようにあれ

あけくれ　6月26日

悲しみを悲しみとし
喜びを喜びとして
日々を生きる
わがあけくれよ
朝の祈りを浄めよう
夕の願いを強めよう
一念のうれしさよ
一輪のうつくしさよ

悲しさ　6月27日

年をとって
わかったことは
人間というものの
悲しさだ
どうにもならない
悲しさだ
そしてもう一つ
わかったことは
人間のために出現された
仏さまの
悲しさだ
あの微笑の奥にかくされている
悲しさが
だんだん強く
わかってきたことだ

未練　6月28日

「今」を生き続けたものに
未練はない
働くだけ働いて働き蜂は
蟻に己れを与え
鳴くだけ鳴いてこおろぎは
己れを風葬にする

約束　6月29日

しんみんは詩を作ること
詩国賦算に専念すること
その他のことはしないこと
この約束を
破らぬこと棄てぬこと

自重自戒　6月30日

人に悪い感情を持たせるようなことは
決してしてはならぬ
言ってもならぬ
人に限らず
木だって石だって
念はある
念がつもりつもって
それが不幸不運の原因ともなる
自重せよ
自戒せよ

幸せの帽子

真民

すべての人が
幸せを求めている
しかし幸せというものは
そうやすやすと
やってくるものではない
時には不幸という
帽子をかぶってくる
だからみんな逃げてしまうが
実はそれが幸せの
正体だったりするものだ
わたしも小さい時から
不幸の帽子を
いくつもかぶせられたが
今から思えばそれがみんな
ありがたい幸せの帽子であった
それゆえ神仏のなさることを
決して悲しんだりしてはならない

7月

1日　存在　Ⅱ
2日　もっと
3日　なにかわたしにでも
4日　晩年の仏陀
5日　あ
6日　点火
7日　冬の日に
8日　精神の火と泉
9日　わたしは墓のなかにはいない
10日　リンリン
11日　ねがい
12日　延命の願
13日　てんわれを
14日　本気
15日　七字のうた
16日　ひとひ休んで
17日　三人の子よ
18日　詩は万法の根源である
19日　何かをしよう
20日　永遠の時の流れのなかに
21日　手が欲しい
22日　へんろみち
23日　誕生日
24日　今日只今
25日　いのちの張り
26日　どなる風
27日　時
28日　悲
29日　生きることは
30日　声
31日　愛

存在　Ⅱ　7月1日

ざこは
ざこなり
大海を泳ぎ

われは
われなり
大地を歩く

もっと　7月2日

もっとみじめになっても
やけをおこすな
もっとまずしくなっても
泣きごとを言うな
もっとくるしくなっても
弱音(よわね)を吐くな

なにかわたしにでも　7月3日

〝なにかわたしにでも
　できることはないか〟
清家直子さんは
ある日考えた
彼女は全身関節炎で
もう十年以上寝たきり
医者からも見放され
自分も自分を見捨てていた
その清家さんが
ある日ふと
そう考えたのである
彼女は天啓のように
点字のことを思いつき
新聞社に問うてみた
新聞社からわたしの名を知らされ
それから交友が始まった

彼女は左手の親指が少しきくだけ
そこで点筆をくくりつけてもらい
一点一点打っていった
それから人差指が少しきき出し
右手の指もいくらかずつ動くようになり
くくりつけなくても字が書けるようになり
一冊一冊と点訳書ができあがり
今では百冊を越える立派な点字本が
光を失った人たちに光を与えている
〝なにかわたしにでも
　できることはないか〟
みんながそう考えたら
きっと何かが与えられ
必ず広い世界がひらけてくる
年中光の射さない部屋に
一人寝ていた彼女に

手紙がくるようになり
訪ねてくる人ができ
寝返りさえできなかったのに
ベッドに起きあがれるようになり
あったかい日はころころころがって
座敷まで出ることができるようになり
ある日わたしが訪ねた折などは
日の当るところでお母さんに
髪を洗ってもらっていた
どんな小さなことでもいい
〝なにかじぶんにでも
　できることはないか〟と
一億の人がみなそう考え
十億の人がみなそう思い
世のため人のため奉仕をしたら
地球はもっともっと美しくなるだろう
片隅に光る清家直子さんよ

晩年の仏陀　7月4日

わたしは晩年の仏陀が一番好きだ
背中が痛い
背中が痛いと言いながら
ある時はただ一人で
ある時はアナンと二人で
老樹の下や川のほとりで休んでいられる
八十近い世尊の姿に一番心ひかれる
小鳥たちも相寄ってきたであろう
野の草たちも相競って咲いたであろう
そのころの仏陀は
もうわれわれと少しも変わりのないお姿で
静かにすべてを抱擁し
一日でも長く生きて
一人でも多くの者に
あたたかい教えを説いてまわられた
ああ
父のように慕わしい
晩年の仏陀よ

あ

7月5日

一途に咲いた花たちが
大地に落ちたとき
〝あ〟とこえをたてる
あれをききとめるのだ

つゆくさのつゆが
朝日をうけたとき
〝あ〟とこえをあげる
あれをうけとめるのだ

点火　7月6日

あのとき
あのひとが
かのとき
かのひとが
わたしに
点火してくれた
とうとくも
うつくしい
ひとすじのひかり

冬の日に　7月7日

この痩せた体をただ一つのことに費やしたい
多くのことはできないから
一つのことでこの世を終わろう

※一部抜粋

精神の火と泉　7月8日

七十になられても
母はまだつやつやとした
髪をしていられた

七十になられても
母はまだ飯をたきながら
本を読んでいられた

七十になられても
母はときどき手風琴を出して
金剛石の歌をひいておられた

七十になられても
母はリンゴの美しさを言い
インドリンゴをよく買ってこられた

七十になられても
母は朝夕鍬をもち
野菜や花をつくり
アンゴラ兎を飼っておられた

七十になられても
母は民生委員をつとめ
村の貧しい人たちの家をめぐり
火鉢にぬくもる暇もおしまれた

かつては富士の山頂を極めて
千古の雪をかじり
武徳殿にて長刀（なぎなた）をもって
男子に立ち向かわれた母
また毅然として
徴兵官の前にて

子をかばわれた母

七十になられても
母はまだ奕々（えきえき）たる
精神の火を持っていられた

ああ五人の子を乳（ち）たらい給うた
大きな乳房はしぼんでしまわれたが
その胸には温かい泉を
まだこんこんとたたえていられた

わたしは墓のなかにはいない　7月9日

わたしは墓のなかにはいない
わたしはいつもわたしの詩集のなかにいる
だからわたしに会いたいなら
わたしの詩集をひらいておくれ

わたしは墓を建てるつもりで
詩集を残しておくから
どうか幾冊かの本を
わたしと思うてくれ

妻よ
三人の子よ
法要もいらぬ
墓まいりもいらぬ
わたしは墓の下にはいないんだ
虫が鳴いていたら

それがわたしかも知れぬ
鳥が呼んでいたら
それがわたしかも知れぬ
魚が泳いでいたら
それがわたしかも知れぬ
花が咲いていたら
それがわたしかも知れぬ
蝶が舞うていたら
それがわたしかも知れぬ

わたしはいたるところに
いろいろな姿をして
とびまわっているのだ
墓のなかなどに
じっとしてはいないことを
どうか知っておくれ

リンリン　7月10日

燐火のように
リンリンと
燃えていなければならない

鈴虫のように
リンリンと
訴えていなければならない

禅僧のように
リンリンと
鍛えていなければならない

梅花のように
リンリンと
冴えていなければならない

ねがい

7月11日

ただ一つの
花を咲かせ
そして終わる
この一年草の
一途さに触れて
生きよう

延命の願　7月12日

わたしは延命の願をしました
まず初めは啄木の年を越えることでした
それを越えることができた時
第二の願をしました
それは子規の年を越えることでした
それを越えた時
第三の願をしました
お父さん
あなたの年齢を越えることでした
それはわたしの必死の願いでした
ところがそれも越えることができたのです
では第四の願は？
それはお母さん
あなたのお年に達することです
もしそれも越えることができたら
最後の願をしたいのです
それは世尊と同じ齢まで生きたいことです
これ以上決して願はかけませんから
お守りください

*石川啄木二十七　正岡子規三十五
父四十一　母七十二　世尊八十

てんわれを　7月13日

てんわれを
すてさるとも
ちちははは
すてたまわず
いくにんかのひと
またすてたまわず
それゆえ
われはいくるなり

本気　7月14日

本気になると
世界が変わってくる
自分が変わってくる

変わってこなかったら
まだ本気になってない証拠だ

本気な恋
本気な仕事

ああ
人間一度
こいつを
つかまんことには

七字のうた　7月15日

よわねをはくな
くよくよするな
なきごというな
うしろをむくな

ひとつをねがい
ひとつをしとげ
はなをさかせよ
よいみをむすべ

すずめはすずめ
やなぎはやなぎ
まつにまつかぜ
ばらにばらのか

ひとひ休んで　7月16日

一日（ひとひ）休んで
寝ていると
元気な声で
お母ちゃーん
ただいまーと
学校から帰ってくる
その声のいとしさ
その声の愛（かな）しさ
体をいたわらねばならないと
しみじみと思う

三人の子よ　7月17日

三人の子よ
温かい心と
豊かな眼とを持て
どんなに苦しい時でも
絶望するな
耐えるだけ
耐えてゆけ
冷たい手を
ぬくめるのだ
点火することの
美しさを知れ
父母から授かった
体を大事にして
世のため人のために働くのだ
涙をぬぐって
生きてゆけ

詩は万法の根源である　7月18日

詩は
万法の根源である

一枚の葉にも
数千言の詩がしるされ
一個の石にも
数万年の歴史が綴られている

詩は
宗教にも哲学にも科学にも先行し
宇宙の根源となって
日月のように回転し啓示する

詩はもはや
文人墨客の風流韻事ではなく
万法の根源となって

全人類の絶滅を来たす
核戦争に抗議し
世界の平和と人類の幸福とを
勝ちとるための武器となった
高い空からの声をきけ
深い海からの声をきけ
生きとし生けるものが
人間に呼びかけてくる
あの純粋の声をきけ

詩は
万法の根源である

何かをしよう　7月19日

何かをしよう
みんなの人のためになる
何かをしよう
よく考えたら自分の体に合った
何かがある筈だ
弱い人には弱いなりに
老いた人には老いた人なりに
何かがある筈だ
生かされて生きているご恩返しに
小さいことでもいい
自分にできるものをさがして
何かをしよう
一年草でも
あんなに美しい花をつけて
終わってゆくではないか

永遠の時の流れのなかに　7月20日

永遠の時の流れのなかに
あなたはじっと坐っていられる
その顔はけだかく
その目
その耳
その鼻
その口
すべては豊かな知と慈悲に満ち
宇宙の運命を考え続けていられる
光明と暗黒
飽くなき欲望
そうした人類危機のただ中にあって
絶望することなく
究極の救いを寂静(じゃくじょう)のおん姿に見て
生き続けてゆこう

手が欲しい　7月21日

目の見えない子が描(えが)いた
お母さんという絵には
いくつもの手がかいてあった
それを見たときわたしは
千手観音さまの実在をはっきりと知った
それ以来あの一本一本の手が
いきいきと生きて
見えるようになった
異様なおん姿が
少しも異様でなく
真実のおん姿に
見えるようになった
ああわたしも千の手が欲しい
ベトナム・パキスタンの子らのために
インド・ネパールの子らのために

へんろみち　7月22日

へんろみちは
即ち人生の道である
まがりくねり
まよいつまづきするが
歩いてゆくとかならず
もとに戻ってくる
結び合う円のような
ふしぎなみちである
よろず生きとし生けるもの
山河草木
吹く風立つ浪の音にも
み仏の声を聞かせてくれる
ありがたいみちである

誕生日　7月23日

いくら年をとっても
誕生日というものは
感動でいっぱいになる
いつもの通り混沌(こんとん)未明に起床し
まず足の裏をたんねんに揉(も)む
生まれてからこのかたわたしを支えてきた
この足の裏に
今日は特別お礼を言い
称名(しょうみょう)念仏し心をこめて揉む
まだ若くしてわたしを産み下さった母の
その日のことが浮かび涙ぐましくなる
父も母ももういまさぬが
こうしてわたしはいる
その大恩に感謝しながら
わたしは足の裏を揉む

今日只今　7月24日

今日只今（こんにちただいま）
この四字八音の大切さを
自覚し実践し
少しでも世のため
人のためになる
自分自身を
作りあげてゆこう
そしたら短い人生でも
意義のあるものとなろう
木木を見よ
花花を見よ
すべては今日只今に生きる
大宇宙の姿である

いのちの張り　7月25日

大切なのは
いのちの張り
恐ろしいのは
この喪失
懸命に
一途に
鳴く
虫たちの
声声

どなる風　7月26日

よく風にどなられることがある
けさもそんな風であった
しっかりしろ
しっかりしろと
川上に向かって吹いてゆく風が
弱音を吐こうとするわたしを
叱咤していった
風は夜明け方の
赤い空を目指して
突進していった
その息づかいが
わたしの胸を
きつくしめつけた

時　7月27日

時は過ぎゆく
迅速に過ぎゆく
だからただひたすら
自分の道を行き
自分の詩を作り
自分の字を書き
自分の信仰を深め
自分の花を咲かせよう
フラフラするな
グラグラするな
ウコサベンするな

悲　7月28日

長く生きていることは
無駄ではなかったと
しみじみ思う年になった
見えなかったものや
聞こえなかったものが
見えだし聞こえだしたのも
ありがたい喜びの一つだが
一番大きな喜びは
色々の悲しみを知ったことだった

生きることは　7月29日

生きることは
目分の花を咲かせること
風雪に耐え
寒暑に耐え
だれのものでもない
自分の花を咲かせよう

生きることは
神仏の使命を果すこと
生まれてきた者には
必ず何かの使命がある
それを見出して
為し遂げよう

生きることは
光を見出すこと
この世は決して闇ではなく
必ず光が射してくる
そのことを信じ
勇気を出してゆこう

生きることは
愛に目覚めること
人を愛し
世を愛し
万物を愛し
二度とない人生を
愛の心で包んでゆこう

生きることは
有り難いこと
生かされて生きる

不思議を知り
すべてに感謝し
手を合わせてゆこう

声　7月30日

生きていることは
すばらしいぞ
そういっている
石がある
木がある
川辺に立つと
水も
そういって
流れてゆく

7月31日

愛に溺れる者は
愛に泣き
愛に沈む者は
愛に苦しむ
しかし真の愛は
神の衣のように
つねに軽く
つねに涼しく
溺れることもなく
沈むこともない

存在

ザコはザコなり
大海を泳ぎ
ヤドはヤドなり
大地を歩く

タエボボ堂 眞昆

8月

1日　おのずから
2日　幸せの灯り
3日　専一専心
4日　大事なこと
5日　どしゃぶり
6日　堂訓
7日　花仏人
8日　鈍刀を磨く
9日　求道
10日　光
11日　不思議なもの
12日　声
13日　陣痛
14日　ほろびないもの
15日　詩の世界
16日　一切無常
17日　叫び
18日　種
19日　誠実
20日　自訓
21日　愛と願い
22日　裏打ち
23日　判断
24日　朴のように
25日　不動の剣
26日　闇と苦
27日　行動
28日　信条
29日　華厳力
30日　人なり
31日　迫ってくる生命感

おのずから　8月1日

何ともせつないような手紙が届いた
挫折した人の何とか立ちあがろうとする
うめきのような手紙だった
それで手すきの和紙に
こう書いてやった
　花おのずから開き
　実おのずから熟す　と
あまりに近頃の人は急ぎすぎる
あまりに早く自分を世に出そうとする
自然をよく見て下さいと
諭すつもりで書いたが
今の若い人にわかってもらえたろうか

幸せの灯り　8月2日

幸せはどこからくるか
それは自分の心からくる
だからたとえ不幸におちても
心さえ転換すれば
灯台の灯りのように
自分ばかりでなく
周囲をも明るくしてくれる
そのことを知ろう

専一専心　8月3日

念ずれば
必ず花はひらくのだ
専一なれ
専心なれ

大事なこと　8月4日

真の人間になろうとするためには
着ることより
脱ぐことの方が大事だ
知ることより
忘れることの方が大事だ
取得することより
捨離することの方が大事だ

どしゃぶり　8月5日

それは思いもかけない
どしゃぶりの雨であった
でもこういう時には
思いもかけない力が
わいてくるもので
久しぶり体が
自分のものとなり
自分の心が
生き生きしたものとなり
他の人と一緒に走った

堂訓

8月6日

自分の病気は自分で治せ
自分の幸福は自分で築け
自分の運命は自分で開け
捨て切ってしまえば
無限の力の湧出することを知れ
全力を尽くし為すべきことを為し
あとは神仏に任せよ

花仏人　8月7日

うつろいやすきを花といい
つねにいますを仏といい
かなしきを人という

鈍刀を磨く　8月8日

鈍刀をいくら磨いても
無駄なことだというが
何もそんなことばに
耳を借す必要はない
せっせと磨くのだ
刀は光らないかも知れないが
磨く本人が変わってくる
つまり刀がすまぬすまぬと言いながら
磨く本人を
光るものにしてくれるのだ
そこが甚深微妙の世界だ
だからせっせと磨くのだ

求道　8月9日

一に求道（ぐどう）　二に求道
三に求道　四に求道
死ぬまで求道

光

8月10日

空に
星が光っている
野に
露が光っている
山に
木が光っている
ああ
光を求め
光を見つめ
生きてゆこう

不思議なもの　8月11日

宇宙を動かしている不思議なもの
細胞を動かしている不思議なもの
自分を動かしている不思議なもの
この不思議なものが
ハンニャハラミッタである
神といい仏といい真といい
如といい玄といい空といい皆同じだ
これをしっかとつかまねばならぬ

声　8月12日

わたしを叱咤(しった)し激励する声
これからだ
これからだ
詩も信仰も
これからだと
みめいこんとんの刻
わたしの体をゆさぶってゆく声

陣痛　8月13日

宇宙の陣痛
地球の陣痛
太陽の陣痛
歴史の陣痛
母の陣痛
大いなるものの誕生には
必ず大いなる陣痛が伴う
苦は楽の種という
この諺（ことわざ）の根源を知ろう

ほろびないもの　8月14日

わたしのなかに
生き続けている
一本の木

わたしのなかに
咲き続けている
一輪の花

わたしのなかに
燃え続けている
一筋の火

ものみなほろびゆくもののなかで
ほろびないものを求めてゆこう
人それぞれになにかがある筈だ

詩の世界　8月15日

詩の世界は狭い
しかし限りなく深い

一切無常

8月16日

散ってゆくから
美しいのだ
毀(こわ)れるから
愛(いと)しいのだ
別れるから
深まるのだ
一切無常
それゆえにこそ
すべてが生きてくるのだ

叫び　8月17日

天才でない者は
これからだ
これからだと
叫び続け
言い続け
息絶えるのだ

種

8月18日

己れを飛ばす
種の力よ
その知恵よ

誠実　8月19日

誠実さを失ったら
人も滅び
企業も滅び
国も滅ぶ
一刻も狂うことなく運行する
宇宙の誠実さよ
でもこれを狂わすような
危険きわまる
核兵器が出現して
地球の破滅を知りながら
この凶器は愈々増大している
時がくれば花咲き鳥が鳴く
この大宇宙の恩恵を知ろう
誠実さこそ
すべてを救う核である

自訓　8月20日

弱音を吐いちゃいかん
愚痴を言っちゃいかん
千里万里を飛んでくる
渡り鳥たちを思え

愛と願い　8月21日

人はどんな遠い処からでもやってくる
それは愛のためだ
鳥もどんな遠い処からでも飛んでくる
それは願いのためだ
この世でもっとも美しいのは
この愛と願い
そのために一心に生きよう

裏打ち　8月22日

表具軸もののこつは裏打ちにある
それと同じく修行のこつは
見えない世界の練磨にある

判断　8月23日

生きているか
死んでいるか
つまり息しているかどうか
これだけで判断するのだ
絵でも字でも人間でも
一切合切これで見分け
価値づけをするのだ
その他のことはすべて
枝葉であり
末節である

朴のように　8月24日

天才でない者は
一日でも一時間でも
長く生きて
自分を成長させ
自分の花を
咲かせねばならぬ
去年よりも今年
今年よりも来年と
より大きな花を
天にたかだかと
つけねばならぬ
わたしの愛する
朴のように

不動の剣　8月25日

後ろから
追っかけてくる
老いという奴は
振り向いたり
悲しんだりすると
いよいよ悦に入り
その足を早め近づき
あの手この手で
仲間を増やしてゆく

年をとるのは仕方ないが
こいつの手に籠絡されないよう
不動の剣を持て

闇と苦　8月26日

闇があるから
光がある

苦があるから
楽がある

闇を生かせ
苦を生かせ

行動　8月27日

救いは行動にある
行動すること
打坐も読経も
行動を伴って
しんに生きてくる

信条

8月28日

詩を作ることは
自己を作ること
自己を作ることは
自己の心を作ること
自己の心を作ることは
大海のような心になり
すべてを受け入れ
すべてを愛すること

華厳力　8月29日

わたしが身につけたいと念ずるのは
華厳力（けごんりき）
すべてを開花させる
摩訶（まか）不思議な霊力

人なり

8月30日

芸も人なり
詩も人なり
書も絵も人なり
人なりと言うは
その人の心を
表わすものなりということだ
心せよ心せよ

迫ってくる生命感　8月31日

書でも絵でも彫刻でも
迫ってくる生命感があるかないか
それが一番大切で巧拙は第二だ
素人のわたしにはこれだけでいい
これ以外にはいらない

9月

1日　不死身
2日　念ずる
3日　妥協
4日　危機の中で
5日　華厳力
6日　独り
7日　あかり
8日　生き切る
9日　充実と更新
10日　報謝
11日　朴と鳳
12日　ある人へ
13日　川
14日　巨木のいのち
15日　影
16日　老いること
17日　一心
18日　宇宙の塵
19日　孤
20日　仕事
21日　前進しながら
22日　不思議
23日　命がけ
24日　孤独
25日　喜べ喜べ
26日　捨
27日　冥利
28日　宝
29日　本物
30日　その刻々

不死身

9月1日

しんみんよ
不死身の奮闘努力をするのだ
不死身というのは
人が寝る時に寝ず
人が休む時に休まず
人が遊ぶ時に遊ばぬことだ
これは天才でない者がやる
ただ一つの生き方だ

念ずる

9月2日

念ずるのだ
真剣に念ずるのだ
そしたら必ず花は咲き
願いは成就するのだ
念念勿生疑と
観音経にも言い給う
どんなことがあっても疑わず
念じ続けるのだ

妥協

9月3日

決して妥協するな
妥協したらもうおしまい
一番恐ろしいのは
自己との妥協だ
つねに鞭うち
つねに叱咤し
つねに前進せよ

危機の中で　9月4日

危機の中で
人は成長し
危機の中で
人は本ものになる
だから危機を避けるな
むしろ危機に立ち向かう心を養え
冷たい烈風の中を
行きつつ思う

華厳力　9月5日

何もかも捨てた時
天上の星のまたたき
地上の花のいぶきが
自分の命として流れ込んできた
天地が一つになり
生命に満ちたものとなった
ああこれが華厳力（けごんりき）だったのだ
あれから病気もしなくなり
詩も字も変わってきた

独り

9月6日

独りがいい
独りでいると
宇宙もろもろのものが
手をさしのべてくれる

あかり　9月7日

あかりをともせ
こころにいつもあかりをともせ
じぶんを力づけひとを幸せにする
愛のあかりを
消えないあかりを

生き切る

9月8日

彼岸の川原で
暁天の祈りをしていると
よく流れ星が
流れて消える
こうした星が
わたしに告げるのは
生き切るという
一徹な生き方だ
職業に貴賤はない
光りながら消えていった
星のように
自分の最期も
ああありたいと願う

充実と更新　9月9日

あかあかと
日は昇り
あかあかと
日は沈む
何億回という
くりかえしなのに
その新鮮さ
それゆえに
わたしは手を合わせ
その光を吸飲する
命の充実のため
心の更新のため

報謝　9月10日

明治
大正
昭和
と生き
更に
平成
となる
ああ
この大恩
いかにしてか
報謝せん
便便として
日を送る勿れ

朴と鳳　9月11日

朴の木に
鳳がとまり
ほお
ほお
と鳴く
三千世界へ　ひびくこえ

ある人へ　9月12日

光が射しているのに
あなたはそれを浴びようとしない
呼んでおられるのに
あなたはそれを聞こうとしない
手をさしのべておられるのに
あなたはそれを握ろうとしない
お経にもそんな人のことを
書いてあります
どうか素直な心になって
二度とない人生を
意義あるよう生きて下さい

川

9月13日

川はいい
川のどこがいいか
それはいろんな処に降った雨が
ひとつに集まり
海へ向かって
流れてゆくのがいい
人間もそのように
みんなが幸せを求めて
生きてゆくんだと
教えてくれるところがいい

巨木のいのち　9月14日

百年のいのち
千年のいのち
大地に立ち続ける
木のいのち
見える世界と
見えない世界とを持ち
いのちの尊さを知らせてくれる
巨木のいのち
聖なるいのち
額をつけて祈り
わたしは木のいのちを
身につける
いかなる風にも
倒れない強いいのちを

9月15日

影あり
仰げば
月あり

老いること　9月16日

老いることが
こんなに美しいとは知らなかった
老いることは
鳥のように
天に近くなること
花のように
地に近くなること
しだれ柳のように
自然に頭のさがること
老いることが
こんなに楽しいとは知らなかった

一心　9月17日

限りある命だから
蟬もこおろぎも
一心に鳴いているのだ
花たちもあんなに
一心に咲いているのだ
わたしも
一心に生きねばならぬ

宇宙の塵　9月18日

何か一つでもいい
いいことをして
この世を去ろうではないか
散る花を惜しむ心があったら
一匹のこおろぎでも
踏み殺さないように
心してゆこうではないか
大きなことはできなくても
何か自分にできることをして
宇宙の塵となろうではないか

孤

9月19日

孤が
人間を磨く
人間を
本ものにする
孤雲
孤鳥
孤木
孤は
わが終生の友

仕事　9月20日

頭のさがるのは
年齢でもなく
学問でもなく
肩書きでもなく
その人がしている
仕事である
貧しい人のため
苦しんでいる人のため
希望を失った人のため
体を張って
生きている
マザー・テレサのような人である

前進しながら　9月21日

過ぎ去ったことは思うな
人間振りかえる病気になると
進歩がとまる

ものを作る人間は
前進だけ考えたらいい
前進なくして
進歩はない
ギャーティ（行け）
ギャーティ（行け）
あるのみだ

人間いつかは終わりがくる
前進しながら終わるのだ

不思議　9月22日

念じていたら必ず
そうなってゆく
体も
そうなってゆく
周囲も
そうなってゆく
一切が
そうなってゆく
そういうものを
不思議と言う

命がけ　9月23日

命がけということばは
めったに使っても
言ってもいけないけれど
究極は命がけでやったものだけが
残っていくだろう
　疑えば花ひらかず
　信心清浄なれば
　花ひらいて仏を見たてまつる
この深海の真珠のような
ことばを探すため
わたしは命をかけたと言っても
過言ではない
人間一生のうち
一度でもいい
命を懸けてやる体験を持とう

孤独　9月24日

ものをつくる者が
孤独を失ったら
もうおしまい
目のつぶれた鳥と同じ
棲む森に帰ることもできない
孤独が
人間を磨き
人間を豊かにする
特に未明こんとんの孤独は
人間を神仏に近づけてくれる

喜べ喜べ　9月25日

喜べ喜べ
喜んでいると
みんな寄ってきて
助けてくれる
それと反対に
悲しんでばかりいると
みんな離れていってしまう
だから喜べ喜べ
それが幸せの秘訣だ

捨　9月26日

捨てきったら
救うてくださる
その確信ができるまで
どんなに長くかかったか

捨てて捨てて
捨てきった人
釈迦牟尼(むに)世尊
一遍上人
マザー・テレサ

冥利　9月27日

こちらを
ゼロ（空）にすると
すべて向こうからやってくる
それは天地神仏の冥利（みょうり）で
奇跡でも
不思議でもない

宝

9月28日

一番の宝は何か
それは両親から頂いた
この体である
だからわたしは
この宝を
何よりも大事にし信頼し
眼耳鼻舌身意の菩薩さま
五臓六腑の菩薩さま
両手両足の菩薩さまと唱え
拝んできた
高価な金剛石よりも尊い
この体
南無即身成仏(じょうぶつ)の
この宝

本物

9月29日

ぐっとくるものがなくなったらもうおしまい
すべて本物には肺腑を突く
何ものかがなくてはならぬ
ゴッホの絵のように

その刻々　9月30日

昇った日は
沈まねばならぬ
咲いた花は
散らねばならぬ
生まれた者は
死なねばならぬ
これは自然の法則である
だから悲しむことはない
大切なのはその刻々を
どう生かして来たかにある

華厳力

10月

1日　知足
2日　進歩
3日　嵐と詩人
4日　月への祈り
5日　一期一会
6日　詩国三十年
7日　度
8日　深さ
9日　この二つを
10日　仏のこころ
11日　消えないもの
12日　希望
13日　試み
14日　最高の人
15日　男の命
16日　円熟
17日　人は危機のなかで
18日　念と難
19日　試練
20日　五十九年間
21日　妻を歌う
22日　文字
23日　生きるのだ
24日　どうしたら救われるか
25日　光
26日　心棒
27日　花と人
28日　二つの祈り
29日　これでよいのか
30日　苦
31日　天を仰いで

知足

10月1日

わたしは知足を
足るを知れと読まず
足を知れと読む
足の裏を知ることによって
本当の人間になるのだ
知足第一
これがわたしの人間観

進歩

10月2日

古い葉が落ちなければ
新しい葉は出てこない

古い衣を脱ぎ捨てなければ
新しい衣は着られない

すべて進歩は
脱落脱衣を前提とする

嵐と詩人　10月3日

いつも嵐が
吹いている
それが
詩人というものだ

月への祈り　10月4日

地球ができた時から
月は常に地球の周りをめぐってきた
だから地球のすべてを知っている
それゆえわたしは
彼岸の河原で
月に向かって祈るのだ
満月となり
三か月となり
消えてゆくまで祈るのだ
地球の平安と
人類の幸福を
守り給(たま)えと

一期一会　10月5日

1

人と人との一期一会（いちごいちえ）
花と鳥との一期一会
長い人生での一期一会の
喜びと悲しみよ

2

手を合わせる
それは一期一会の
心と姿である

3

花咲けば花に
鳥鳴けば鳥に
一期一会の喜びを告げる
告げるのは喜びだけでいいのだ

4

夢の中での一期一会
どうしてあんな夢を
みるのだろう
行ったこともない
小さい島に
花咲き
人住み
祈れば
動く石などがあった

5

一期一会の喜びを
花に告げつつ花を見る
鳥に告げつつ声を聞く

6

会うも別るも一つの輪廻（りんね）、一期一会を
繰り返し、回る地球の命の震（ふる）え

詩国三十年　10月6日

詩国三十年の苦しみと悲しみ
それはわたし一人が知るもの
どん底に突き落され
救いを求めて
天地神仏に祈ったりした
そうした苦悶の声を知る人はなく
石や木や鳥たちだけが慰めてくれた
今でも夢の中で苦しみ
寝巻きの濡(ぬ)れることがある
でも助けて下さる
神があり仏さまがあり
ここまで辿りつくことができた
無常流転(るてん)は宇宙の定め
二度とない人生を更に更に精進し
無限の光を求めてゆこう

※詩国とは月刊詩誌

度

10月7日

詩を作るにも
信仰をするにも
一番大事なのは度である
人生という大きな川にかかる橋を
無事渡してあげることである
衆生無辺誓願度
これが消えたら
もうおしまい

深さ

10月8日

海の深さは
測ることができるが
愛の深さは
測ることはできない

この二つを　10月9日

少食であれ！
これは健康のもと
少欲であれ
これは幸福のもと
この二つのものをしっかりと身につけよう
この世を悔いなく終わるため
この世を楽しく生きるため

仏のこころ　10月10日

追いつめられて
初めて人間は
本ものになる
だから本ものになるためには
絶体絶命の瀬戸ぎわに
立たされねばならぬ
野良猫に噛(か)みつかれ
死の直前
わたしに助けられたインコが
わたしの肩にとまり
じっと眠っている可憐さ
生死を越えよう
四苦も八苦も
雨も嵐も
仏のこころ

消えないもの　10月11日

消えないものを
求めよう

消えないものを
身につけよう

消えてゆく身だけれど
消えないものがある

それは愛
そして真心（まごころ）

希望　10月12日

漫然と生きているのが
一番いけない
人間何か希望を持たねばならぬ
希望は小さくてもよい
自分独自のものであれば
必ずいつか
それが光ってくる
そして
その人を助けるのだ

試み

10月13日

1

愛されるから
試みられるのだ

2

人間が真の人間になるためには
いくたびかの試みに会わねばならぬ
試みには
神の試み
悪魔の試みがある
いずれにしても
いくたびかの試みに会って
初めて人は本ものになる

3

雷鳴も烈風も烈雨も
神の存在を示し給う
尊い試みであると思え

最高の人　10月14日

最高の人というのは
この世の生を
精いっぱい
力いっぱい
命いっぱい
生きた人

男の命　10月15日

一級河川
重信川は
足立重信が
民百姓のため
男の命を賭けて
改修した川
だからわたしも
この川の辺に
居を定めた

男は何に
命を賭けるか
これがわたしの
命題

円熟　10月16日

どんな小さい行（ぎょう）でもいい
積み重ねられたものは
木の実のようにいつか
その人を円熟させる

人は危機のなかで　10月17日

人は危機のなかで
本ものになる
だから危機を避けてはならぬ
真正面からぶっつかり
決して諦めてはならぬ
最後の最後まで祈るのだ
台風十七号襲来の日
松山空港始発便は
東京へ向け飛び立った
そして無事羽田空港に着いた
聞けばその日はこの一便だけで
あとは皆欠航したと言う
なんという不思議かありがたさか
ああ八大龍王さまのおん守りの証(あかし)が
また一つ増えた

念と難

10月18日

一難去って
また一難
でも思えば
この難によって
念が鍛えられ
念の花が咲き
念の実が熟するのだ
信仰によって
難を乗り切る
念力を養ってゆこう

試練　10月19日

試練は
鞭ではない
愛なのだ
慈悲なのだ

五十九年間　10月20日

五十九年間
苦労をかけたひとを
死なせてなるものか
じっと寝ているだけでもいい
側に居てくれればいいのだ
そう念じ
もうすぐ花を開こうとする
朴の木の下で祈る

妻を歌う　10月21日

とことこ
とことこ
どこへ行く
きのうおぼえた
その道を
きょうはわすれて
とことことこと
妻の歩みの
あどけなさ

にこにこ
にこにこ
おてんとさん
妻もにこにこ
楽しそう

脳がすっかり
変わってしまい
言うこと
すること
子供か
神か
仏に近い
人となる

文字　10月22日

脳手術後
妻が初めて書いた文字を
真美子が持ってきた
入院してから
九十八日目
鉛筆で仮名で
サカムラ
シンミン
とだけ書き
あとは書かなかったと
意識断絶後の
最初の文字だけに
ありがたく
うれしかった

生きるのだ　10月23日

いのちいっぱい
生きるのだ
念じ念じて
生きるのだ
一度しかない人生を
何か世のため人のため
自分にできることをして
この身を捧げ
生きるのだ

どうしたら救われるか　10月24日

どうしたら救われるか

木に聞いてみた
木は答えてくれた
気を充実させることだと

こんどは石に聞いてみた
意志を強くすることだと言う

つぎには鳥たちに聞いてみた
鳥たちは異口同音に
すべてを任せることだと
これには深く感動した

最後に空(そら)に聞いてみた
空はさすがに
大宗教家のようなことを
言って聞かせたが
それはあまりに高遠で
とても短い生涯では
到り得ないものであった
それでわたしは自分流に
大宇宙大和楽ですねと言ったが
空は黙して答えてくれなかった

いつか龍王さまにでも
聞いてみよう

光　10月25日

体の中に
光を持とう
どんなことが起こっても
どんな苦しみのなかにあっても
光を消さないでゆこう

心棒　10月26日

独楽（こま）が回るのは
心棒があるからだ
しんみんの心棒は
念ずれば花ひらく
大宇宙大和楽

花と人　10月27日

美しい花より
よい香りを持つ
花がいい

美しい人より
よい性質の
人がいい

二つの祈り　10月28日

大宇宙の
大念願は
大和楽である
　大宇宙
　大和楽

　　アーウン　アーウン
　　アーウン　アーウン

この祈りを
念ずれば花ひらくの祈りと共に
わたしがこの世に残す
二つの祈りとしよう

これでよいのか　10月29日

これでよいのか
これでよいのかと
いつもわが身に問うて
お釈迦さまの教えに
はずれぬよう
生きてゆこう

苦

10月30日

苦がその人を
鍛えあげる
磨きあげる
本ものにする

天を仰いで　10月31日

心が小さくなった時は
天を仰いで
大きく息をしよう
大宇宙の無限の力を
吸飲摂取しよう

11月

前から後ろから　11月1日

一道を行く者は
孤独だ
だが
前から呼んで下さる方があり
後から押して下さる方がある

前向き人生　11月2日

人生は一度きり
だから
ころんでも
立ちあがり
前向きに
生きてゆくのだ

キラキラ

11月3日

キラキラする
海を見にゆこう
そして
キラキラする
自分になろう

独自　11月4日

小さい花でいい
独自の花であれ

小さい光でいい
独自の光であれ

生きていればこそ　11月5日

生きていればこそ
会えないひとにも会え
ふしぎな契りを
結ばせていただき
こんな嬉しいことはない

実践　11月6日

一にも実践
二にも実践
三にも実践
森信三先生の偉さは
この実践にある

愛の明かりを　11月7日

夕ぐれになると
家々に
明かりがつくように
愛の明かりを
みんなの心に
つけて歩こう

生死不二　11月8日

しんに生きることは
しんに死することだ
生死は不二なのだ

本もの　11月9日

死して
千年の人となる
そういう人を
本ものと言う

願い　11月10日

日本を
楽しい国にしよう
明るい国にしよう
国は小さいけれど
住みよい国にしよう
日本に生まれてきてよかったと
言えるような
国造りをしよう
これが二十一世紀の日本への
わたしの願いだ

力のかぎり

11月11日

その力は小さくても
力のかぎり
生きてゆこう
その愛は小さくても
せい一ぱいの愛を傾け
生きてゆこう
時には切なく
生きる力を
失おうとする時があっても
力をふりしぼって
生きてゆこう
二度とない人生なのだ

うた　11月12日

生きる命の
うた歌え
しぼまぬ花の
うた歌え
変わらぬ愛の
うた歌え
宇宙和楽の
うた歌え
うたは良いもの
ひびくもの
真民独自の
うた歌え

大きな広い心で　11月13日

宇宙観に立てば
地獄も極楽もない
すべては心から
来ているからである
苦しむな
悩むな
大きな広い心で
生きてゆくのだ

宇宙と自分　11月14日

宇宙を知ることは
自分を知ること

自分を知ることは
宇宙を知ること

自己愛が
宇宙愛となり

宇宙愛が
自己愛となる

何と楽しいことだろう
何と意義あることだろう

光と力　11月15日

光は一隅より
力は一人より

喜び

11月16日

信仰が
争いの種となる
そんな信仰なら
捨てた方がいい
大宇宙
大和楽
任せて生きる
喜びよ

気海丹田　11月17日

気海丹田
もうこれしか
ないです
この四文字を
しっかりと
臍下に
おさめて
前向きに
生きることです
空のように
海のように
広々とした世界に
わが身を
置くことです

夜明けの霊気を
ここにたくわえ
心を磨くのです

気に生きる　11月18日

宇宙の気が
一番生き生きと動くのは
寅の一刻
午前三時三十分である
心に悩みを持つ人よ
体に病を持つ人よ
宇宙無限の力をいただき
気に生きる不思議を体得しよう

願い　11月19日

花になろう
実になろう
喜ばれる
人間になろう

苦難　11月20日

苦難は
神の愛
喜べ
喜べ

晩年　11月21日

人生の晩年になって
何をバタバタするか
静かに坐して
宇宙無限の
恩恵に感謝し
日の光
月の光
星星の光を
吸飲摂取して
明るく
楽しく
生きてゆけ

九十代　11月22日

九十代を
どう生きるか
それは今のわたしの
最大の課題
長短針がかさなり
わたしを目覚めさせ
宇宙の動きのなかで
いろいろ考え
ペンをとっていると
九十代というものが
特別深い意義を
持ってくる

九は苦である　11月23日

九は
苦である
九十代を
どう生きるか
それは
サタンとの
戦いである
生まれつき
弱い体の
わたしなど
特にその感を
強くする
長生きすることだけなら
わたしは
祈ったりなどしない
さっさと

もう一つの世界へ行く
大切なのは
気を楽にする
薬を作ることである
九十代になった
真民よ
この薬作りに
懸命であれ

本当の神　11月24日

神は死んだと言った人がいるが
それは本当の神ではなかったのだ
その人だけの神だったのだ
本当の神は
決して死ぬものではない
ふらふらするな
ぐらぐらするな
神はお前の心のなかに
気づくその時を
待っておられるのだ

この二つを　11月25日

じぶんには
きびしく
ひとには
やさしく
この二つを
しっかと
丹田(たんでん)に
打ち込むのだ
しっかりしろ
しんみん

余光　11月26日

年をとると
沈んでゆく日が
心にしみる
特に海に沈んでゆく日の
静けさ
温かさ
その余光の
美しさ
人生もかくあれと
知らせてくださる
ありがたさよ

木の下に坐し　11月27日

気があなたを
偉大にする
木があなたを
成長させる
木の下に坐し
気を吸おう

喜びの歌　11月28日

喜びの歌あり
悲しみの歌あり
どちらもいい
どちらも
体の中に持っているからだ
でもやはり
喜びの歌に出合うと
生きていることが
ありがたい
これは殆どの人が
そうであろう
できるだけ
喜びの歌を残そう

一心称名　11月29日

念ずれば花ひらく
念ずれば花ひらくと
唱えればいいのです
ただ一心に唱えればいいのです

花が咲くとか
咲かぬとか
そんな心配はいりません

どうかあなたの花を
あなたの心田(しんでん)に
咲かせてください
必ず花はひらきます

秘訣　11月30日

結局は
自然体で行く
それが無病長寿の
秘訣
つまり宇宙自然の呼吸に己れを
合わせてゆくことである

12月

1日　何を持つか
2日　この二つを
3日　一手
4日　橋を渡る意義
5日　これからは
6日　一本の道を
7日　大念願
8日　人間以外
9日　祈り
10日　ありがたいなあ
11日　晩年
12日　まだ序の口
13日　脱皮一新
14日　あとから来る者のために
15日　掛け軸
16日　宇宙の祈り
17日　悲しみが帰ってくる
18日　病中詠
19日　わたしの愛する字
20日　一体
21日　とらわれるな
22日　カーン
23日　母を念えば
24日　忘れるな
25日　動く
26日　五臓六腑の恩
27日　出会い
28日　一本の棒
29日　ひとりひそかに
30日　時
31日　二度とない人生だから

何を持つか　12月1日

木は
気を持つ
石は
意志を持つ
あなたは
何を持つか

この二つを　12月2日

天を仰ぎ
光を吸い
生きてゆけ

地に額（ひたい）をつけ
命を得
念じてゆけ

一手

12月3日

凡才には
長生きの
一手しかない

橋を渡る意義　12月4日

わたしが毎暁
重信橋を渡り
彼岸の川原で
祈るのは
橋は人を渡すから
わたしも一人でもいい
苦しみ悩む人を
苦しまない処に
渡してやりたいからであり
別の世界があることを
知らせてやりたいからである

これからは　12月5日

人に振りまわされるな
これからは
これが一番大事だ
自分の足で立ち
自分の手でつかむのだ

一本の道を　12月6日

弱音を吐いたら
サタンが喜ぶ
サタンに喜ばれたら
もうおしまいだ
行け
行け
一本の道を
まっしぐらに
行け

大念願　12月7日

殺さず
争わず
互いにいつくしみ
すべて平等に
差別せず
生きる
これが
大宇宙の
大念願なのだ
母なる星地球が
回転しながら
そう唱えている声を
聞く耳を持とう

人間以外　12月8日

人間以外
みな本気で生きているのだ
小さなみそさざいでも
懸命に生きているのだ
野鳥『春夏秋冬』という
本を頂いたが
懸命に生きているのが
よくわかり
わたしの心を打った
万物の霊長などという造語は
もう辞書から
消した方がいい

祈り

12月9日

祈りは最高の実践
天に祈ろう
地に祈ろう

ありがたいなあ　12月10日

ありがたいなあ
ありがたいなあ
どんなに苦しいことがあっても
生きていることは
ありがたいなあ

晩年　12月11日

価値は
晩年で
決まる

まだ序の口　12月12日

九十二歳は
まだ序の口

百歳を目指す
しんみんよ
しっかりしろ
しっかりしろと
一羽の鳥が
鳴いてゆく

脱皮一新　12月13日

八十代と
九十代とは
まったくちがう
それがわかった
からには
今までの
生き方では
駄目である
変わるのだ
蝉のように
脱皮
一新
するのだ
しっかりしろ
しんみん

あとから来る者のために　12月14日

あとから来る者のために
田畑を耕し
種を用意しておくのだ
山を
川を
海を
きれいにしておくのだ
ああ
あとから来る者のために
苦労をし
我慢をし
みなそれぞれの力を傾けるのだ
あとからあとから続いてくる
あの可愛い者たちのために
みなそれぞれ自分にできる
なにかをしてゆくのだ

掛け軸　12月15日

柴山老大師の
百歳の時の
掛け軸をかけた
雄渾な筆致で
円月と
書いてある
じきじき拝顔した時は
九十八歳であった
このひと
お医者さんかなと
お側の宗寛老師に
尋ねられた
いや、詩を作る人ですと
答えられたが
その時わたしは
人の心を治す詩人になろうと

思ったことを
今も忘れない
しんみんよ
あの日のことを
忘れるな

宇宙の祈り　12月16日

宇宙がしている
この無条件の祈りに合わせて
わたしも祈りをしてゆこう
それを知るためには
花を見るがよい
それも小さい
一輪の花でいい
一対一の
祈りをするのだ
この条件なしの祈りのみが
地球の平和と
人類の幸福とを
成就できることを
紀元二〇〇二年の
初光に向かって
誓い合おう

大宇宙の大念願は
大和楽である
アーウン
アーウン
アーウン

悲しみが帰ってくる　12月17日

テレビばかり見ていると
悲しみなど遠ざかって
飲み食いの
ことばかりが
けもののようにやってくる
良心をなくした人間たちが
恐ろしい武器を作って
人殺しを平気でする
世となった
山荘にこもって
鳥たちと共に暮らす
平安を求める願いも
むなしい夢と化し
機械が生み出す騒音に
人は麻痺し
動物にも劣る者と

なってしまった
遠ざかりゆく
悲しみよ
帰ってこい
帰ってこい
波のように
帰ってこい
そうわたしは叫び
時に祈る

病中詠　12月18日

びっくりされると思います
生活が一変しました
でも死ぬような病気でないので
対処しています

痛み止めのおかげで
寝がえりをし
コ型歩行器のおかげで
食事に行く
自分の体が
自分で動かないようになりました
病中拙詠
御寛容ください

わたしの愛する字　12月19日

わたしの愛する字
第一番は愛
第二番は真
第三番は念
第四番は光
第五番は気
まあそれだけにしておこう

一体　12月20日

天地一体
夫婦一体
民族一体
宇宙と一体
平和も幸福も
みなこの
一体観からくる

とらわれるな　12月21日

とらわれるな
風のようにあれ

とらわれるな
雲のようにあれ

とらわれるな
水のようにあれ

カーン 12月22日

カーン
カーン
カーン
これは不動明王の真言（しんごん）
特にとり年生まれの者の真言
九十歳を越え
この真言が
特別ありがたい
鐘が鳴る
カーン
カーン
覚悟はよいかと
不動明王の
鐘が鳴る

母を念えば　12月23日

母を念えば
どんな苦労も
じっと耐え
生きる力が
わいてくる

母を念えば
手足の爪も
母のいのちの
こもるもの

母を念えば
鳩寿過ぎても
子供なり
賞の喜び
あの世にひびけ

忘れるな　12月24日

頭より足
足を忘れるな
花より根
根を忘れるな
見えるものより
見えないものを忘れるな

動く 12月25日

動くのだ
停滞してはならぬ
川や
海が
生きているのは
いつも動いて
いるからだ

五臓六腑の恩　12月26日

生まれてから
いろいろの恩を頂いて
生きてきたが
最大なものは
五臓六腑の恩である
すやすや眠っている時でも
わたしを守ってくれる
神にもまさる恩を
忘れてはならぬと
鳩寿五歳になって
目覚めて夜中
改めてそのことを思った
この恩を返さず
あの世へ行くことはできぬと決めて
天上天下唯我独尊と
わたしは自分の体に感謝した

出会い　12月27日

人生とは
真実一路の
道を行く
出会いの
旅である

またたく
星よ
わたしの旅路を
守らせたまえ

一本の棒　12月28日

去年（こぞ）
今年（ことし）
貫く棒の如きもの
これは高浜虚子（きよし）の句
芭蕉も
そうであった
しんみんよ
お前の詩も人生も
貫く
一本の棒であれ

ひとりひそかに　12月29日

深海の真珠のように
ひとりひそかに
自分をつくってゆこう

時　12月30日

日の昇るにも
手を合わさず
月の沈むにも
心ひかれず
あくせくとして
一世を終えし人の
いかに多きことぞ

道のべに花咲けど見ず
梢に鳥鳴けど聞かず
せかせかとして
過ぎゆく人の
いかに多きことぞ

二度とないこの人生を
いかに生き
いかに死するか
耳かたむけることもなく
うかうかとして
老いたる人の
いかに多きことぞ

川の流れにも
風の音にも
告げ給う声のあることを
知ろうともせず
金に名誉に地位に
狂奔し終わる人の
いかに多きことぞ

生死（しょうじ）事大無常迅速
時人を待たず噫々（ああ）

二度とない人生だから　12月31日

二度とない人生だから
一輪の花にも
無限の愛を
そそいでゆこう
一羽の鳥の声にも
無心の耳を
かたむけてゆこう

二度とない人生だから
一匹のこおろぎでも
ふみころさないように
こころしてゆこう
どんなにか
よろこぶことだろう

二度とない人生だから

一ぺんでも多く
便りをしよう
返事はかならず
書くことにしよう

二度とない人生だから
まず一番身近な者たちに
できるだけのことをしよう
貧しいけれど
こころ豊かに接してゆこう

二度とない人生だから
つゆくさのつゆにも
めぐりあいのふしぎを思い
足をとどめてみつめてゆこう

二度とない人生だから
のぼる日しずむ日
まるい月かけてゆく月
四季それぞれの
星々の光にふれて
わがこころを
あらいきよめてゆこう

二度とない人生だから
戦争のない世の
実現に努力し
そういう詩を
一篇でも多く
作ってゆこう
わたしが死んだら
あとをついでくれる

若い人たちのために
この大願を
書きつづけてゆこう

あとがき

藤尾秀昭（致知出版社代表取締役社長）

坂村真民先生が亡くなったのは平成十九年十二月十一日。ちょうど十年ほど前のことである。行年九十七。

初めて真民先生と出会ったのは、先生が七十八歳、私が三十九歳のときであった。お目にかかった瞬間、不思議な感慨が胸に湧き上がってきたことを覚えている。初対面にもかかわらず、懐かしい人と再会したような気がしたのである。

以来、先生の生き方とその結晶である詩作品は私の人生を照らす曙光（しょこう）となり、道標となった。その頃、仕事のことなどで、夜中の一時、二時に目覚めてしまうことがしばしばあった。なんとも不快な目覚めであった。そんなとき、ふと真民先生の姿が思い浮かんだ。先生は毎日この時刻に起きて打坐し、詩作されている。そんな先生と同じ空気を吸っているのだと思うと、すっと気持ちが楽になった。

先生とお付き合いさせていただく中で何よりもうれしかったのは、先生自らが『致知』を購読し、愛読してくださっていたことである。『致知』が創刊十八周年、二十五周年を迎えたときには墨筆による祝詩を届けてくださった。次の詩である。

*

祝『致知』創刊十八周年（祝第二回木鶏クラブ全国大会）**メッセージ**

大宇宙の実相　格物（かくぶつ）致知
戦わずして勝つ　木鶏（もっけい）
この二つはあと四年してやってくる

二十一世紀の扉を開く鍵である
この鍵を持つか持たないか
それがこれからの勝負である

われわれの住む地球は
大宇宙の念願に反して
建設よりも破壊に向かって進んできたが
その方向変えをする使命が
日本民族に託されている
国は小さいが大きな夢を持とう
海に囲まれてきた民族だ
すべての川は海に向かって注ぐ
海のような愛を持つ人間になろう
致知よ

木鶏よ
民族を奮起させる
向日葵（ひまわり）となってくれ

致知創刊二十五周年祝詞

致知は
父（チチ）であり
乳（チチ）である
「父母恩重経（ぶもおんじゅうきょう）」には
一切の善男子善女人
父に慈恩あり
母に悲恩あり

そのゆえは
人の此の世に生まるるは
宿業を因として
父母を縁とせり
父にあらざれば
生ぜず
母にあらざれば
育せず
ここを以て
気を父の胤にうけて
形を母の胎に託す
人々母の乳を飲むこと
一百八十斛となす
とあり

わたしは
そういう意味からも
致知に親しみ
致知を愛してきた
わたしも個人詩誌
詩国を刊行して
もうすぐに五百号に
なろうとしている
だから一号一号に
命をかける労苦がわかる
致知は
わたしにとっては
父であり
母の乳である

読者の一人として
創刊二十五周年を
父母への思いと同じく
祝祭するのである

＊

この二篇の詩からは、先生が『致知』を本当に愛し、その発展を心から願ってくださっていたことが伝わってくる。読むたびに、先生の気持ちになんとかして応えなければ、と痛切に思うのである。

先生は生涯に一万篇以上の詩を書かれたといわれる。このたび、その中から三百六十六の詩を選び、『坂村真民一日一詩』を編纂（へんさん）させていただくことになった。先生の魂の遍歴をも読み取っていただきたいとの思いから、詩は原則として年代順に並べることにした。ただ、最後の三篇のみは、先生が多くの人に最も伝えたかったのではなかったかと思われる詩で構成させていただいた。

本書との出会いによって、心に希望の光をともして人生を送ってくださる方が一人でも多くあらんことを願ってやまない。

最後に、初めて真民先生の詩に触れる読者のために、『致知』二〇〇四年二月号の特集「一道を行く――坂村真民の世界」の総リードとして書いた拙文を末尾に掲載させていただいた。先生の人柄と生き方を知っていただくために、ご一読願えれば幸いである。

令和元年十一月

藤尾秀昭

一道を行く——坂村真民の世界

坂村真民先生に「延命の願(がん)」と題する詩がある。

わたしは延命の願をしました
まず初めは啄木(たくぼく)の年を越えることでした
それを越えることができた時
第二の願をしました
それは子規の年を越えることでした
それを越えた時
第三の願をしました
お父さん
あなたの年齢を越えることでした
それはわたしの必死の願いでした

ところがそれも越えることができたのです
では第四の願は？
それはお母さん
あなたのお年に達することです
もしそれも越えることができたら
最後の願をしたいのです
それは世尊(せそん)と同じ齢(よわい)まで生きたいことです
これ以上決して願はかけませんから
お守りください

石川啄木二十七　正岡子規三十五　父四十一　母七十二　世尊八十

小さい時から体が弱く、とても長生きは無理といわれていただけに、「生きる」ことは痛切な先生の願いだった。その最後の願いを遙かに越え、先生はこの一月六日で九十五歳になられた。

一遍上人の衣鉢を継ぎ、昭和三十七年、五十三歳から発刊された賦算詩誌『詩国』は、この二月一日号で五百号を数える。

「花は一瞬にして咲かない。大木も一瞬にして大きくはならない。一日一夜の積み重ねの上にその栄光を示すのである」

先生の言葉通り、一歩一歩、一作一作積み重ねた上に咲いた花であり、結んだ実であろう。

この人に詩魂が宿ったのは八歳の時である。

四十二歳の厄を越えられず、小学校校長であった父親が急逝。長男の真民先生を含め五人の幼子を抱え、三十六歳の母親はどん底の生活を余儀なくされた。下二人だけを残し、上三人の子どもは里子に出すようにという祖母の勧めに、母はついに首を縦に振らなかった。その様子を八歳の真民先生は息を詰めてうかがっていた。

極貧の日々の中で、「苦しい辛い」と愚痴をいう代わりに母親がお経のように唱えた言葉――。

「念ずれば花ひらく」

それが先生の背骨となり、一生を貫くテーマになった。

真民先生は〝行〟の人である。九十五歳のいまも起床は午前零時。星の光を浴び、深更(しんこう)の冷気を吸引して詩を書く。

「僕が一番好きなのは午前二時頃。宇宙のあらゆる神さま、善神も悪神も妖神も混沌(こんとん)となって、その時一番エネルギーが強い」

午前三時半、小鳥がチチッと鳴く時間、先生は外に出る。行く先は近くを流れる重信川(しげのぶ)。そこで暁天(ぎょうてん)の祈りをする。

この〝行〟のような生活を九十歳を越すまで、雨の日も風の日も一日も欠かさずに続けてきた。重信川に行くことを除いて、この生活はいまも変わらない。

人は何に命を懸けるかが大事、と真民先生はいう。

「この重信川は昔はよく氾濫(はんらん)して農民を苦しめた。この川の改修に一生を捧げたのが足立重信。人は何に命を懸けるか。足立重信は農民を苦しめる川の改修に命を捧げた。自分は人々の心に光を灯す詩を書くことに一生を捧げる」

真民先生には幾度となく取材させていただいた。あれは先生が間もなく八十歳という頃ではなかったかと思う。取材を終えて雑談に移った時だった。先生がつぶやくようにいわれたのである。

「老人は朝が早いという。あれは嘘です。誰だっていくつになろうとゆっくり寝ていたい。だが、安逸（あんいつ）に眠りをむさぼって、人々の心に光を灯す詩が書けますか。創造する人間は絶えず危機の中に身を置いていなければならない」

頭部に一撃を食らったような衝撃を覚えた。

『致知』は創刊の困難を乗り越え、創刊十周年を迎え、目標としていた発行部数を達成した時期であった。切迫した思いに張り詰め、己を鞭（むち）打ち、追い立ててきた日々。だが、それも段落がついた感じで、そろそろリラックスしてもいいか、といった気持ちが兆（きざ）していた時だったのである。

それだけに真民先生の言葉は脳天に響いた。一瞬に迷妄（めいもう）が吹き払われた。

「創造する人間は絶えず危機の中に身を置いていなければならない」――この一語は、以来『致知』を支える〝誌魂（しこん）〟となった。

「すべてのものは移りゆく。怠らず努めよ」――釈迦の残したこの言葉をそのまま真民先生は歩まれた。その求道の一生、一道精進の人生から私たちが学ぶものは多い。

年頭にふさわしい真民先生の言葉がある。

「新しい年を迎えるには新しい心構えがなくてはならぬ。決して、ただ漫然と迎えてはならぬ。そして、その心構えは年相応のものでなくてはならぬ。五十代には五十代の心構え、七十代には七十代の心構えが大切である。還暦になったんだから、古稀（こき）になったんだからという妥協は自己を深淵（しんえん）に落ち込ませるだけである」

索引

1月

1日 六魚庵箴言……10
2日 六魚庵の泉……11
3日 六魚庵旦暮……12
4日 六魚庵鎮魂歌……13
5日 六魚庵より母へ……14
6日 六魚庵独語……15
7日 六魚庵哀歌……16
8日 六魚庵主の願い……17
9日 六魚庵信仰歌……18
10日 母に……19
11日 母の火……20
12日 丘にて……21
13日 序詩……22
14日 そのころ……23
15日 飯台……24
16日 あの時のことを……25
17日 なやめるS子に……26
18日 夕空……27
19日 純粋時間……28
20日 生きてゆく力がなくなるとき……29
21日 ねがい……30
22日 待つだけでは来ない……31
23日 ハイを覚えそめた真美子に……32
24日 念ずれば花ひらく……33
25日 ざぼん……34
26日 初めの日に……35
27日 めぐりあい……36
28日 手……38
29日 花はひらけど……39
30日 独り行く……40
31日 空の一角から……41

2月

1日 かなしみ……44
2日 一日一信……45
3日 桃咲く……46
4日 光を吸え……47
5日 子らゆえに……48
6日 念ずる心……49
7日 自らを励ますうた……50
8日 いつどこで……51
9日 大木の幹……52
10日 両手の世界……53
11日 自戒のうた……54
12日 一字一輪……55
13日 木の葉……56

14日　序詩……57
15日　蜜……58
16日　一遍智真……59
17日　無心無礙……60
18日　タンポポ魂……61
19日　浪々漂々……62
20日　みめいこんとん……63
21日　尊いのは足の裏である……64
22日　こつこつ……65
23日　一すじに……66
24日　おのずから……67
25日　一途一心……68
26日　手……69
27日　会いたき人あれば……70
28日　バスのなかで……71
29日　みつめる……72

3月

1日　一つのいのちを……74
2日　訣別……75
3日　しんみん五訓……76
4日　生きる……77
5日　一本の道を……78
6日　つねに前進……79
7日　限りあるいのちを持ちて……80
8日　昼の月……81
9日　大木と菩薩……82
10日　ねがい……83
11日　一輪の花のごとく……84
12日　赤ん坊のように……85
13日　リンリン……86
14日　石を思え……87
15日　つみかさね……88
16日　すべては光る……89
17日　サラリ……90
18日　うつしよにほとけいまして……91
19日　軽くなろう……92
20日　生きることとは……93
21日　しんみん三訓……94
22日　大木を仰げ……95
23日　宇宙……96
24日　わたしの詩……97
25日　涼しさ……98
26日　道……99
27日　朝に夕に……100
28日　一遍一念……101
29日　ねがい……102
30日　鉄眼と一遍……103
31日　真実……104

4月

1日　接点……106
2日　ねがい……107
3日　時間をかけて……108
4日　つゆのごとくに……109
5日　大木……110
6日　生き方……111
7日　こちらから……112
8日　今……113
9日　捨……114
10日　くちなしの花……115
11日　花と星……116
12日　鳥は飛ばねばならぬ……117
13日　ウンとスン……118
14日　美……119
15日　風……120
16日　鈴虫……121
17日　花と仏……122
18日　光と風のなかを……123
19日　自分のもの……124
20日　光と闇……125
21日　一貫……126
22日　悲嬉……127
23日　めぐりあい……128
24日　捨ての一手……129
25日　三不忘……130
26日　ねがい……131
27日　火と水……132
28日　しんみん三針……133
29日　杖……134
30日　三学……135

5月

1日　一年草のように……138
2日　成熟……139
3日　せい一ぱい……140
4日　花……141
5日　一度……142
6日　母という字……143
7日　祈り……144
8日　孤独……145
9日　精一杯……146
10日　中年の人よ……147
11日　光を吸おう……148
12日　浜に行ってごらん……149
13日　もっとも美しかった母……150
14日　四訓……152
15日　世界……153
16日　新生の自分……154
17日　きわみに……155

18日　花は歎かず……156
19日　殻……157
20日　からっぽ……158
21日　所思……159
22日　一つ……160
23日　輪廻……161
24日　悟り……162
25日　若さ……163
26日　三願……164
27日　詩魂……165
28日　わたしを支えてきたもの……166
29日　ただわたしは……167
30日　自分の詩……168
31日　本腰……169

6月

1日　愛……172
2日　天に向かって……173
3日　闇と光……174
4日　風……175
5日　花……176
6日　燃える……177
7日　詩と信仰……178
8日　愛の電流……179
9日　ねがい……180
10日　意義と息……181
11日　まだまだ……182
12日　無限……183
13日　つねに……184
14日　あしとあたま……185
15日　火……186
16日　大恩……187
17日　ひらく……188
18日　手を合わせる……189
19日　本もの……190
20日　エネルギー……191
21日　目覚めて思う……192
22日　人間作り……193
23日　幸せの帽子……194
24日　こころ……195
25日　新月……196
26日　あけくれ……197
27日　悲しさ……198
28日　未練……199
29日　約束……200
30日　自重自戒……201

7月

1日　存在　Ⅱ……204
2日　もっと……205

3日 なにかわたしにでも……206
4日 晩年の仏陀……208
5日 あ……209
6日 点火……210
7日 冬の日に……211
8日 精神の火と泉……212
9日 わたしは墓のなかにはいない……214
10日 リンリン……215
11日 ねがい……216
12日 延命の願……217
13日 てんわれを……218
14日 本気……219
15日 七字のうた……220
16日 ひとひ休んで……221
17日 三人の子よ……222
18日 詩は万法の根源である……223
19日 何かをしよう……224
20日 永遠の時の流れのなかに……225
21日 手が欲しい……226
22日 へんろみち……227
23日 誕生日……228
24日 今日只今……229
25日 いのちの張り……230
26日 どなる風……231
27日 時……232
28日 悲……233
29日 生きることは……234
30日 声……236
31日 愛……237

8月

1日 おのずから……240
2日 幸せの灯り……241
3日 専一専心……242
4日 大事なこと……243
5日 どしゃぶり……244
6日 堂訓……245
7日 花仏人……246
8日 鈍刀を磨く……247
9日 求道……248
10日 光……249
11日 不思議なもの……250
12日 声……251
13日 陣痛……252
14日 ほろびないもの……253
15日 詩の世界……254
16日 一切無常……255
17日 叫び……256
18日 種……257
19日 誠実……258

5日　一期一会……308
6日　詩国三十年……309
7日　度……310
8日　深さ……311
9日　この二つを……312
10日　仏のこころ……313
11日　消えないもの……314
12日　希望……315
13日　試み……316
14日　最高の人……317
15日　男の命……318
16日　円熟……319
17日　人は危機のなかで……320
18日　念と難……321
19日　試練……322
20日　五十九年間……323
21日　妻を歌う……324
22日　文字……325
23日　生きるのだ……326
24日　どうしたら救われるか……327
25日　光……328
26日　心棒……329
27日　花と人……330
28日　二つの祈り……331
29日　これでよいのか……332
30日　苦……333
31日　天を仰いで……334

11月

1日　前から後ろから……336
2日　前向き人生……337
3日　キラキラ……338
4日　独自……339
5日　生きていればこそ……340
6日　実践……341
7日　愛の明かりを……342
8日　生死不二……343
9日　本もの……344
10日　願い……345
11日　力のかぎり……346
12日　うた……347
13日　大きな広い心で……348
14日　宇宙と自分……349
15日　光と力……350
16日　喜び……351
17日　気海丹田……352
18日　気に生きる……353
19日　願い……354
20日　苦難……355
21日　晩年……356

22日　九十代……357
23日　九は苦である……358
24日　本当の神……359
25日　この二つを……360
26日　余光……361
27日　木の下に坐し……362
28日　喜びの歌……363
29日　一心称名……364
30日　秘訣……365

12月

1日　何を持つか……368
2日　この二つを……369
3日　一手……370
4日　橋を渡る意義……371
5日　これからは……372
6日　一本の道を……373
7日　大念願……374
8日　人間以外……375
9日　祈り……376
10日　ありがたいなあ……377
11日　晩年……378
12日　まだ序の口……379
13日　脱皮一新……380
14日　あとから来る者のために……381
15日　掛け軸……382
16日　宇宙の祈り……383
17日　悲しみが帰ってくる……384
18日　病中詠……385
19日　わたしの愛する字……386
20日　一体……387
21日　とらわれるな……388
22日　カーン……389
23日　母を念えば……390
24日　忘れるな……391
25日　動く……392
26日　五臓六腑の恩……393
27日　出会い……394
28日　一本の棒……395
29日　ひとりひそかに……396
30日　時……397
31日　二度とない人生だから……398

◉出典一覧◉

『坂村真民全詩集』第一～八巻　坂村真民・著（大東出版社）
『念に生きる』坂村真民・著（致知出版社）
『めぐりあいのふしぎ』坂村真民・著（サンマーク出版）
『宇宙のまなざし』坂村真民・著（サンマーク出版）

〈著者略歴〉

坂村真民（さかむら・しんみん）
明治42年熊本県生まれ。昭和6年神宮皇學館（現・皇學館大學）卒業。22歳熊本で小学校教員になる。25歳で朝鮮に渡ると現地で教員を続け、2回目の召集中に終戦を迎える。21年から愛媛県で高校教師を務め、65歳で退職。37年、53歳で月刊個人詩誌『詩国』を創刊。18年97歳で永眠。仏教伝道文化賞、愛媛県功労賞、熊本県近代文化功労者賞受賞。著書に『坂村真民一日一言』『自選 坂村真民詩集』『詩人の颯声を聴く』など多数。講演録ＣＤに『こんにちただいま』がある（いずれも致知出版社）。

〈編者略歴〉

藤尾秀昭（ふじお・ひであき）
昭和53年の創刊以来、月刊誌『致知』の編集に携わる。54年に編集長に就任。平成4年に致知出版社代表取締役社長に就任。現在、代表取締役社長兼編集長。『致知』は「人間学」をテーマに一貫した編集方針を貫いてきた雑誌で、平成25年、創刊35年を迎えた。有名無名を問わず、「一隅を照らす人々」に照準をあてた編集は、オンリーワンの雑誌として注目を集めている。主な著書に『小さな人生論１～５』『小さな修養論１～４』『小さな経営論』『心に響く小さな５つの物語Ⅰ～Ⅱ』『プロの条件』などがある。

坂村真民一日一詩

令和元年十二月二十日第一刷発行

著者 坂村 真民
編者 藤尾 秀昭
発行者 藤尾 秀昭
発行所 致知出版社
〒150-0001東京都渋谷区神宮前四の二十四の九
TEL（〇三）三七九六―二一一一
印刷 ㈱ディグ 製本 難波製本

ISBN978-4-8009-1223-7 C0095

ホームページ https://www.chichi.co.jp
Eメール books@chichi.co.jp